Rainer Erler, 1933 in München geboren, schrieb, inszenierte und produzierte zahlreiche erfolgreiche und preisgekrönte Filme, darunter »Die Delegation« (auch als Roman erschienen, Goldmann-Taschenbuch 3701) und die fünfteilige Science-Thriller-Reihe »Das Blaue Palais« (auch in Romanform vorliegend: Teil 1: »Das Genie«, Goldmann-Taschenbuch 3743, Teil 2: »Der Verräter«, Goldmann-Taschenbuch 3757, Teil 3: »Das Medium«, Goldmann-Taschenbuch 3767, Teil 4: »Unsterblichkeit«, Goldmann-Taschenbuch 3858, und Teil 5: »Der Gigant«, Goldmann-Taschenbuch 3909). Seinen Roman »Fleisch« (Goldmann-Taschenbuch 3727) verfilmte Erler 1979 in New Mexico und New York.

Erlers »Operation Ganymed« erhielt den »Goldenen Asteroiden« als bester Science-Fiction-Film des Jahres 1978, sein Film »Plutonium« den »Silbernen Asteroiden« als bester Science-Fiction-Fernsehfilm des Jahres 1979.

Rainer Erler

Das Blaue Palais

Der Gigant

Roman

Originalausgabe

Wilhelm Goldmann Verlag

Dieses Buch entstand nach der Fernsehreihe
»Das Blaue Palais« von Rainer Erler,
die von der Bavaria Atelier GmbH, München, produziert wurde.
Die fachliche Beratung hatte
Dr. Karl L. Kompa vom Max-Planck-Institut für Plasmaphysik,
München.

Das Umschlagfoto zeigt Dieter Laser in der
Rolle des Chemikers Enrico Polazzo.

Made in Germany · 5/80 · 1. Auflage · 1112

Umschlagentwurf: Atelier Adolf & Angelika Bachmann, München
Umschlagfoto: Rainer Erler
Gesamtherstellung: Mohndruck Graphische Betriebe GmbH, Gütersloh
Verlagsnummer: 3909
Lektorat: Martin Vosseler · Herstellung: Lothar Hofmann
ISBN 3-442-03909-6

I

»Wir sind ziemlich am Ende!« Palm, der Leiter des Blauen Palais, machte eine nachdenkliche Pause, dann blickte er seine Besucher an, einen nach dem anderen.

Die Herren vom Komitee in ihren dunklen Mänteln, unter ihren dunklen Hüten, mit ihren schwarzen Aktenköfferchen waren gekommen, um Erfolgsmeldungen entgegenzunehmen. Palm hatte am Telefon noch von sensationellen Ergebnissen gesprochen. Und jetzt konfrontierte er seine Gäste mit schlechten Nachrichten. Doch die gehörten längst zum täglichen Brot von Wirtschaftlern und Finanziers und betrafen die Zukunft unserer technischen Zivilisation.

Palm verteilte Kopien eines Computerprotokolls. Es waren die jüngsten Prognosen über die »Endlichkeit der Ressourcen«, Voraussagen also, zu welchem Zeitpunkt bestimmte Rohstoffe unseres Blauen Planeten endgültig und unwiederbringlich verbraucht sein würden.

Die Herren vertieften sich in die Zahlen und Daten, wirkten mit einem Mal wie die erschütterten Hinterbliebenen am Grab eines Verstorbenen, wie die betroffenen Gläubiger einer in Konkurs gegangenen Firma. Und das lag nicht nur am deutsch-tristen Manager-Einheits-Look.

Die Mitglieder des Blauen Palais, diese jungen Wissenschaftler und Techniker, die in dieser privaten »Forschungs- und Fortschritts-Fabrik« arbeiteten, standen dazwischen herum wie bunte Vögel.

»Gold!«

Palm hatte wie ein Taschenspieler einen winzigen, glänzenden Metallbarren aus einer seiner Taschen gezaubert. »Ja«, fuhr er fort und hielt das schimmernde Metallstück den traurig blickenden Herren entgegen. »Ja, es ist reines Gold, zehn Unzen. Das sind etwa dreihundertzehn Gramm!«

Er bemerkte mit sichtlichem Vergnügen, wie sich die tristen Mienen der Kuratoriumsmitglieder aufzuhellen begannen, wie der strahlende Glanz dieses Metalls auch ihre Blicke erhellte. Dieser Zauber tat wohl immer und überall seine Wirkung.

»Gold anzusehen gilt als erfreulich. Man kann daraus hübsche Dinge machen — edlen Schmuck und blitzende Zähne. Wir benötigen es hier in winzigen Mengen zu chemophysikalischen Versuchen. Aber sonst?« Er zuckte die Schulter und gab den kleinen Barren herum.

Mit offensichtlicher Lust wurde das Metall betrachtet und betastet.

»Gold«, fuhr Palm fort, »das ist ein Teil der menschlichen Geschichte, ist Mystik und Mythos. Um Gold zu besitzen, wurden Morde verübt, Kriege geführt und Kulturen vernichtet. Denn Gold gab es immer zu wenig.« Er setzte sich langsam in Richtung der alten Remise in Bewegung, wo die chemischen und physikalischen Labors und die Werkstätten untergebracht waren.

Die Herren folgten ihm, auch die Mitglieder des Blauen Palais.

Die beiden ungleichen Gruppen vermischten sich nicht, als sie nun am Rande des Parks mit seinen uralten Bäumen entlang zum anderen Ende des Hofes strebten.

»Viele Jahrhunderte lang mühten die Alchimisten sich ab, nach der Lehre von der Umwandelbarkeit der Metalle Gold zu machen.« Palm versuchte seinem unorthodoxen

Einführungsreferat eine spielerische, heitere Komponente zu geben. »Aber den Stein der Weisen fanden sie nicht.«

Vorträge und Referate werden für gewöhnlich in Hörsälen und Vortragsräumen gehalten. Aber Palm hatte seine Ouvertüre zu der geplanten Demonstration mit Bedacht ins Freie verlegt, unter einen grauen, regnerischen Himmel, von dem die herbstlich gefärbten Blätter langsam herabsegelten.

»Heute wird in zwei Jahren mehr Gold gewonnen als in den eintausend Jahren des Mittelalters. Und trotzdem ist es knapp, und es wird immer seltener werden.«

Zwei Stunden hatten sie oben in Palms Büro die Bücher geprüft und den neuen Etat diskutiert und ihn schließlich mit vier zu drei Stimmen genehmigt. So riskant war der Fortbestand des Blauen Palais noch nie gewesen. Ein Ort, an dem offenbar frei und unabhängig geforscht werden sollte, war plötzlich in die Zwänge einer Administration geraten. Nach fünf Jahren Freiheit waren jetzt Forderungen nach Effektivität, also nach Erfolg und Rendite, gestellt worden. Aber Palm hatte trotz des knappen Ergebnisses sein Konzept eisern verteidigt — auch den Plan seiner Freiluftexkursion — und hatte die Herren gebeten, wieder ihre Mäntel anzulegen und ihm hinüber in die Labors zu folgen.

Und nach dieser Diskussion über Zahlen, über Geld, Geld, Geld, über Investitionen und Etats, Budgets und unvermeidbare Verluste, waren sie beim Gold gelandet.

»Was rechtfertigt eigentlich seinen hohen Preis?« wollte Palm wissen. »Seine Seltenheit?«

Er blickte sich um, aber die Herren folgten ihm schweigend, ohne Kommentar.

Einer reichte ihm vorsichtig, fast scheu, den kleinen Goldbarren zurück. Alles hatte hier seine Ordnung.

Palm bedankte sich, ließ das Metall noch ein letztes Mal in der erhobenen rechten Hand aufblitzen. »In erster Linie, aber sicher nicht nur allein, wird Gold aus wirtschaftlichen Gründen, seiner Knappheit wegen, zum Objekt der Spekulation.« Er steckte den Barren ein, faltete wieder das Computerprotokoll auseinander, um daraus zu referieren.

»Steigen Goldgewinnung und Verbrauch im gleichen Maße wie bisher an, dann sind die bis heute bekannten Reserven in genau neun Jahren ausgebeutet.« Er deutete auf die entsprechenden Zahlenkolonnen. »Das wäre weiterhin keine Tragödie. So lebenswichtig ist Gold nicht für uns. Im Gegensatz zu anderen Stoffen, deren Vorrat durch den Raubbau der vergangenen Jahrzehnte ebenfalls rapide zu Ende geht.«

Sie waren an der Remise angekommen. Enrico Polazzo, der Chemiker des Teams, der als einziger seinen weißen Labormantel trug, öffnete das schwere Eichentor.

Aber Palm hielt mit seinen Ausführungen die Besucher noch zurück. »Silber«, fuhr er fort, »unersetzlich für die fotochemische Industrie und die Elektronik, ist nur noch für fünfzehn bis zwanzig Jahre vorhanden. So lange reichen auch die Vorkommen an Kupfer und Blei. Die für Edelstahl wichtigen Komponenten Nickel, Mangan, Chrom, Vanadium, Wolfram, Molybdän sind in dreißig bis neunzig Jahren verschwunden, die heute bekannten Eisenerzvorkommen in achtundachtzig Jahren ausgebeutet. Und Eisen — Stahl — das ist in gewisser Weise doch die Basis unserer technischen Zivilisation.«

Palm wandte sich ab, betrat als erster den weiten, hohen Raum, der in früheren Zeiten die Kutschen des Kurfürsten beherbergt hatte. Jetzt stapelten sich hier Kisten und ausgediente technische Apparaturen.

»Unser kleiner Planet Erde ist eben sehr begrenzt.«

Palm faltete das Computerprotokoll zusammen, während die Besucher eintraten. »Und so bleibt uns nur folgende Lösung: erstens das Wachstum zu drosseln, diese Orgie an Überfluß und Verschwendung, die wir ›Wohlstand‹ nennen, diese immensen Zuwachsraten an Produktion und Gewinn, an Verbrauch und Profit. Wir müssen eben in Zukunft auf vieles verzichten. Und zweitens . . .«

Er brach ab.

Die Besucher, diese ernsten Herren aus Industrie und Wirtschaft, die mit ihren steuerbegünstigten Subventionen das Blaue Palais am Leben erhielten und sich andererseits von dort Innovationen erwarteten, die Millionen versprachen, schwiegen und zeigten keinerlei Reaktion auf Palms ketzerische Forderung.

Einen Augenblick lang wirkte Palm verunsichert, bis Polazzo ihm zu Hilfe kam und fortfuhr: »Ja, und zweitens muß uns eben auf fast allen Gebieten etwas Neues einfallen. Auf dem Energiesektor ebenso wie bei den zur Neige gehenden Rohstoffen. Wir müssen ausweichen auf neue Werkstoffe aus anderem Rohmaterial, von dem in der Erdrinde und in der Atmosphäre größere Mengen vorhanden sind.«

»Zum Beispiel?« Professor Manzini, der Präsident des Kuratoriums, durchbrach als erster und einziger das lastende Schweigen dieser Besuchergruppe.

»Zum Beispiel Silizium, Kalzium, Stickstoff, Wasserstoff«, antwortete Polazzo. »Auch Kohle ist für die nächsten einhundertfünfzig Jahre vorhanden — im Gegensatz zu Erdöl oder Erdgas als gebundene Form des Kohlenstoffs, als fossile Energie der Sonne, erzeugt in Millionen Jahren. Daher ist Erdöl zum Verbrennen eigentlich zu schade und vermutlich auch irgendwann zu teuer.«

Da nahm Palm den Faden seiner Einführung wieder auf: »Die Alchimisten der Gegenwart träumen also nicht mehr vom Gold! Sie suchen neue Werkstoffe auf der Basis reichlich vorhandener Elemente. Die sogenannten Plastikstoffe, PVC, Polyäthylen und Polyuretan, deren Abfälle unsere Müllhalden und unsere Meere überschwemmen, basieren auf Erdöl. Sie scheiden aus.«

Polazzo war vorausgegangen und hatte eine Stahltür entriegelt, die zum eigentlichen Laborraum führte. »Die Forderung lautet also, welcher Werkstoff ersetzt in Zukunft den Stahl?!« Er machte eine abwartende Pause, setzte gewissermaßen einen dramatischen Akzent, um die Erwartung seiner Besucher zu steigern. Dann machte er eine einladende Handbewegung, wandte sich zur Tür und verschwand als erster in der Dunkelheit des Labors.

2

Der Raum war erfüllt vom Flackern der Leuchtstoffröhren, die ihn schließlich, als sie alle gezündet waren, in ein kaltes bläuliches Licht tauchten.

Das stand in hartem Kontrast zu der altertümlichen Architektur, die trotz zahlreicher Um- und Einbauten ihren Charakter behalten hatte. Gußeiserne Säulen mit verspielten Schnörkeln trugen die mächtigen Holzbalken, die frei im Raum die Dachkonstruktion bildeten. Das alles war weiß lackiert bis hinauf in den Giebel.

Die schmalen, hohen Eisenfenster mit den winzigen, trüben Scheiben ließen nur noch eine Ahnung von Tageslicht herein.

Zahlreiche Werkprüfungsmaschinen standen im Raum. Auf einem Tisch lagen blaugefärbte Prüfstücke eines neuen Materials zwischen Mappen mit Informationsschriften, Diagrammen und fotokopierten Zahlenkolonnen.

Manzini war als erster Polazzo gefolgt und an den Tisch mit den Demonstrationsobjekten getreten. »Zeigen Sie mal«, sagte er und griff nach einem der blauen Klötze. »Das ist also vermutlich der geheimnisvolle Werkstoff.« Er wog ihn in der Hand, betrachtete die Schnittstellen. »Ziemlich schwer!«

»Wesentlich leichter als Stahl.« Polazzo verteilte die Probestücke an seine Gäste. »Sogar leichter als Aluminium!«

»Und die Zusammensetzung?« Manzini sah Polazzo forschend über die Gläser seiner Hornbrille hinweg an.

Polazzo zögerte einen Augenblick. Er hatte die Demonstration ohne Kreuzverhör geplant. Aber dann gab er einige Vorabinformationen: »Ausgangsstoff ist Hexafluorkieselsäure. Gewöhnlicher Quarzsand und Fluorwasserstoff. Eine glasartige Legierung mit Borverbindungen und Phosphaten . . .« Er brach ab. Der interessierte oder, besser, der prüfende Blick von Manzini begann ihn zu irritieren.

Manzini legte schließlich, als keine weiteren Erklärungen kamen, das Probestück zurück auf den Tisch und wandte sich ab.

»Vergessen Sie nicht«, rief Polazzo ihm nach, »wir sind im Versuchsstadium!«

»Ich weiß — seit über drei Jahren!« Manzini lächelte den verunsicherten Polazzo liebenswürdig an und stellte sich in Position, um nun das Schauspiel, das zweifellos geplant war, über sich ergehen zu lassen.

»Bis der Stoff alle gewünschten, alle erforderlichen Eigenschaften aufweist . . .«, Polazzo atmete tief, ehe er fortfuhr, »dauert es vielleicht noch ein Jahrzehnt.« Er trat einige Schritte zurück.

Die Gruppe der Besucher versammelte sich neben dem Demonstrationstisch. Die Mitglieder des Blauen Palais, de Groot, der Biochemiker, Eva Mackenzie, die Biologin, Büdel, der Systemanalytiker und Kybernetiker, Mr. Wong, Yvonne und schließlich Palm, hielten sich mehr im Hintergrund, spielten Edelstatisten, denn heute war Polazzos großer Tag. Es war seine Show, und er mußte sie durchstehen.

Sein Erfolg würde auch der Erfolg von ihnen allen sein. Denn die Demonstration des neuen Werkstoffs konnte über die weitere Existenz des Blauen Palais entscheiden.

Polazzo hatte einen massiven Block vom Tisch genommen, während Herr Kühn, das Faktotum des Hauses, im Hintergrund die Prüfmaschinen anlaufen ließ.

Das plötzlich einsetzende Summen des Generators, das anlaufende Vibrieren der Maschine erfüllte den Raum.

»Einen hundertprozentigen Ersatz für Stahl zu finden ist schwer, vermutlich sogar unmöglich. Stahl hat eine *ganze* Reihe spezifischer Eigenschaften, die in ihrer Vielzahl auf *einen* neuen Stoff nicht übertragen werden können. Das heißt, es können immer nur Teilforderungen erfüllt werden, diese aber in hervorragender Weise.«

Polazzo unterbrach seine Ausführungen und wartete, bis das Getuschel in der Gruppe der Besucher verstummte.

Er wußte nicht, ob er Kritik oder Zustimmung ausgelöst hatte oder ob diese geflüsterten Mitteilungen überhaupt ihn und seine Demonstration betrafen. »Ich habe hier unseren neuen Werkstoff M-1209«, fuhr er schließlich fort. »Er kommt von allen bisher entwickelten Stoffen der Charakteristik von Stahl am nächsten.«

Er griff noch nach einem zweiten Werkstück, das auf einem Regal bereit lag: grauer, mattglänzender Stahl in ähnlicher Form wie das blauschimmernde Prüfstück des neuen Materials. »Hier, zum Vergleich: ein Stück Blankstahl.« Er hob die beiden Prüflinge hoch und zeigte sie herum. Der Zauberkünstler, der ehrlich demonstriert, daß nirgends ein doppelter Boden eingebaut sei. »Wir werden nun die verschiedenen Eigenschaften bei Blankstahl und M-1209 abwechselnd prüfen und vergleichen.«

Wieder irritierte ihn das Geflüster und Getuschel der Besucher.

Die Herren steckten die Köpfe zusammen und berieten sich. Auch Manzini hatte sich zu den leise diskutierenden Kollegen umgewandt. Und Polazzo blieb nichts anderes übrig, als abzuwarten.

»Zuvor noch eines ...« Er war nervös geworden und begann mit einem Kommentar, der nicht in seinem Konzept vorgesehen war. »Die Zugfestigkeit ...« Er räusperte sich und wiederholte dann: »Die Zugfestigkeit des neuen Materials entspricht noch nicht ganz ...« Er wischte sich mit der frei gewordenen Hand über das schwarze Haar, das in dichten Locken fast bis zu seiner Schulter fiel. »... noch nicht ganz unseren Erwartungen ...« Er war aus dem Takt geraten. Er hatte den schwachen Punkt verraten, den er verschweigen wollte. Sie hatten ihn geschafft, ohne viel zu tun, ohne viel zu fragen und nachzubohren. Er hatte freiwillig und ohne triftigen Grund mit einem einzigen halben Satz die ganze Demonstration gefährdet. Aus purer, leichtsinniger Nervosität, aus Unsicherheit heraus. Er sah, wie Palm die Brauen hochzog, offenbar, um ihn zu warnen, und er sah, wie die Besucher sich wieder voller Interesse ihm zuwandten.

Er hatte mit diesem spontanen, ehrlichen und überflüssigen Bekenntnis ihre Sensationslust geweckt. Er war aus der gutgebauten Deckung seiner Schanze hervorgetreten, waffenlos, eine Zielscheibe, hatte sich das Hemd von der

Brust gerissen, aber das Erschießungspeloton war zu verblüfft, um abzudrücken.

Polazzo lachte verlegen: »Ja, es ist vielleicht falsch, gerade mit der schwächsten Stelle in der Charakteristik von M-1209 zu beginnen. Aber wir müssen das Ergebnis unserer Arbeit hier realistisch sehen. Ich habe ja bereits eingangs ...« Er legte das Prüfstück zurück auf den Tisch, rieb sich die Hände, wischte die feuchten Handflächen an seinem Labormantel trocken und wechselte das Thema.

»Andererseits liegt die Steifigkeit des neuen Materials über der von Stahl durch die besondere, metallähnliche Kristallstruktur.« Er griff nach einer der bereitliegenden Informationsschriften. »Die genauen Werte sind hier im Protokoll zusammengefaßt, das ich Ihnen nach der Demonstration übergeben werde ...«

»Warum nachher? Warum nicht jetzt?« Es war ein schneidender Einwand, der von einem der Ausschußmitglieder kam.

Polazzo betrachtete den Zwischenrufer mit einem feindseligen Lächeln. »Lassen Sie mich erst ...«, wandte er ein, aber der andere hatte nicht die Absicht, Polazzo zu Wort kommen zu lassen.

»Wir feiern hier nicht Weihnachten!« rief er mit Sarkasmus in den Raum. »Ich lasse mich nicht gern überraschen oder bescheren! Ich will Fakten und keine Vorstellung!«

Das genügte, um Polazzos romanisches Temperament wieder unkontrolliert und uneingeschüchtert freizusetzen: »Bitte, bedienen Sie sich. Wir haben genügend Exemplare abgezogen. Auf die Demonstration kann ich ja dann verzichten!« Er warf sein Exemplar auf den Tisch zu den anderen.

Palm versuchte abzuwiegeln und zu vermitteln. »Nein, bitte, Enrico! Fahren Sie doch fort!«

Aber Polazzo schien fürs erste unversöhnlich. Er ging

gereizt auf und ab. »Das Protokoll hätte ich Ihnen auch mit der Post schicken können. Weshalb bemühen Sie sich eigentlich her?« Er sah provozierend in die Runde.

Und tatsächlich stieg eines der Ausschußmitglieder darauf ein: »Warum haben Sie es nicht geschickt? Ich habe Informationen gerne vorher in der Hand.«

Polazzo sah ihn fassungslos an. »Das Protokoll ist streng vertraulich!«

»Das hoffe ich«, antwortete sein Kontrahent. »Aber was wollen Sie damit sagen? Mißtrauen Sie uns — oder . . .?« Er wartete einen Augenblick, dann fügte er mit höflicher Schärfe hinzu: »Sprechen Sie sich bitte aus . . .!«

Polazzo schwieg, schien in Angriffsstellung zu gehen.

Da trat Manzini vor, lächelte Polazzo freundschaftlich an, legte die Hand beruhigend auf seinen Arm und raunte ihm fast vertraulich zu: »Fangen Sie an. Ich bitte Sie darum.«

Polazzo schluckte also seine Aggressionen hinunter und versuchte sich zu konzentrieren. Dann fuhr er fort: »Also — erstens: die Zugfestigkeit.« Er nahm einen Stab vom Regal, reichte ihn an Kühn weiter.

Der spannte ihn in die Prüfungsmaschine ein, während Polazzo weitersprach: »Blankstahl dieser Güte hat im allgemeinen eine Zugfestigkeit von hundertundzehn Kilopond pro Quadratmillimeter. Ich demonstriere Ihnen das an diesem Stück.«

Er gab Kühn ein Zeichen. »Bitte, Herr Kühn!«

Ein Druck auf den Knopf. Die Manometer bewegten sich, Zeiger wanderten über Skalen. Digitale Leuchtziffern wechselten in rasender Folge. Der Motor der Maschine dröhnte, ein schrilles Kreischen steigerte sich, schwoll an — da riß der Stab mit einem harten, kurzen Klicken.

Die Zeiger waren auf 111 kp/mm^2 stehengeblieben,

und auch die digitale Anzeige verharrte auf diesem Wert.

Kühn ließ die Reste des Stabes in einen Korb fallen.

Polazzo reichte ihm nun das Prüfstück des neuen Werkstoffs, das eingespannt wurde. »Ich sagte Ihnen ja, es ist vielleicht falsch, mit dem schwächsten Wert im Spektrum zu beginnen . . .« Daraufhin gab er Kühn ein Zeichen, die Anzeigen wechselten, der Zeiger wanderte hoch. Da brach der Stab, aber das Geräusch war nicht hart und metallisch, es war ein dumpfer, vibrierender Schlag.

»Fünfundsechzig Kilopond pro Quadratmillimeter«, verkündete Polazzo den Herren, die sich neugierig näherdrängten.

Der Vergleich war eindeutig zugunsten von Blankstahl ausgefallen, aber trotzdem schienen die Kritiker verblüfft von dem Ergebnis, für »Synthetics« war es sensationell.

Einer der Herren gab nun Erfahrungen zum besten: »Wir haben vor einigen Wochen, das war in England, komplette Flugzeugrümpfe aus Kohlenstoff-Fasern besichtigt. Die Steifigkeit war wesentlich höher als bei Stahl!«

Polazzo winkte ab. »Die Kohlenstoff-Fasern werden in Aluminiumoxid eingebettet, wie beim Space-Shuttle der NASA — in bestimmten Teilen der Zelle zumindest. Eine Kombination dieser Art haben wir vermieden. Aluminium wird knapp!«

Er hatte ein neues Stahlstück an Kühn weitergereicht. »Ich demonstriere Ihnen jetzt die Bruchfestigkeit. Zuerst Blankstahl.«

Wieder dröhnte die Maschine, füllte den hohen, großen Raum mit dumpfem Vibrieren. Dann hatte ein keilartiger Bolzen sich in das Stahlstück gebohrt, hatte es durchgebogen, bis auf der Gegenseite Risse im Material sichtbar wurden. Mit einem schweren Knall brach das Prüfstück auseinander. Klirrend fielen die beiden Hälften aus der

Halterung auf den Beton des Bodens.

»Und jetzt M-1209«, verkündete Polazzo.

Als das blaue Prüfstück durchgebrochen war, kontrollierten die Ausschußmitglieder mit geradezu perverser Geilheit die Werte der Anzeige.

»Sie sehen«, nicht ohne Stolz wies Polazzo auf die Zahlen des Geräts, »wir liegen mit M-1209 wesentlich über den Werten von Stahl!«

»Darüber, ja. Aber nicht wesentlich!« Polazzos Kontrahent unter den Ausschußmitgliedern konterte mit sarkastischer Freude und nicht minderem Stolz.

»Ein Zwischentest!« Palm war vorgetreten und hatte die tiefe Falte auf Polazzos Stirn durchaus richtig eingeschätzt. »Herr Polazzo hat ein System erarbeitet, wie er weitere Legierungen mit den unterschiedlichsten Eigenschaften herstellen kann!«

»Und wie hoch liegen die Kosten?« kam nun die Gegenfrage.

»Der weiteren Reihen?« wollte Polazzo wissen.

»Nein, des Materials! Was kostet das Material hier, dieser Werkstoff. Was kosten die Stücke, die Sie hier zu Versuchszwecken zerreißen und zertrümmern?«

»Sechshundertfünfzigtausend Mark!« Polazzos Lächeln wirkte böse. »Was das Kilo kostet — sie rechnen bestimmt schneller als ich!« Er zeigte mit großzügiger Geste auf die bereitliegenden Versuchsstücke auf dem Demonstrationstisch und auf die Trümmer unter der Maschine.

Wieder mußte Palm eingreifen, um die Kontrahenten zu trennen und die Demonstration — und damit vielleicht auch die Existenz des Blauen Palais — zu retten. Diese blutleeren, humorlosen Geldgeber konnten offenbar nicht begreifen, daß es in so einem Fall nicht ausschließlich um Fakten und Zahlen und um Meßwerte ging, sondern auch um Prestige, um das Selbstwertgefühl eines Mannes, der die letzten drei Jahre, Tage und Nächte, diesem Projekt, dieser Idee geopfert hatte.

»Meine Herren«, begann also Palm. »Sie haben uns diesen Betrag von genau sechshundertvierunddreißigtausend Mark zur Verfügung gestellt, damals, vor über drei Jahren, damit wir versuchen, einen neuen Stoff zu entwikkeln. Es ist Ihnen doch sicher klar, daß die Investitionen für diese Entwicklung nichts mit dem tatsächlichen Kilopreis von M-1209 zu tun haben. Das wäre doch eine ebenso unsinnige wie unfaire Art der Berechnung!«

Manzini winkte ab. »Sie müssen uns das nicht erklären, Herr Palm!«

Da mischte sich wieder Polazzo in die Diskussion: »Das Entwicklungsbudget des IMT-Konzerns — und zwar nur der englischen Tochter — auf dem Gebiet der synthetischen Werkstoffe betrug im vergangenen Jahr mehr als zwölfeinhalb Millionen Dollar!«

»Über sechzehn!« korrigierte Manzini. »Ich bin informiert!« Er ließ Polazzo nur wenig Zeit, überrascht zu sein: »Bitte, fahren Sie fort mit Ihrer Demonstration!«

Polazzo hob abwehrend die Hand. »Ich möchte nur, daß Sie das einmal vergleichen!«

»Da ist nichts zu vergleichen!« Manzini schüttelte nachsichtig den Kopf. »Wir geben Außenseitern eine Chance, das ist alles!« Und mit Nachdruck, mit liebenswürdiger Ungeduld wies er auf die Testmaschinen. »Bitte!«

Polazzo zögerte. Aber Palm lächelte ihm beruhigend zu.

»Gut. Kerbschlagtiefe und Brinell-Härte . . .« Polazzo ging mit einem Prüfstück zu den entsprechenden Testmaschinen im Hintergrund des Raums. Die Gäste folgten ihm, auch die Kollegen des Hauses.

Kühn spannte ein, erst Stahl, dann M-1209.

Wie eine Axt schlug ein scharfer Keil eine tiefe Kerbe in das Material. Zeiger schlugen aus. Die Leuchtdioden der digitalen Anzeige flammten auf. Dann schoß ein kugelförmiger Bolzen auf die Oberfläche zu. Wie ein sanfter Krater wirkte das vergrößerte Bild der Einschlagstelle auf dem Leuchtschirm und wurde auf Tausendstelmillimeter genau vermessen.

»Ihr Material ist weicher!« stellte eines der Ausschußmitglieder fest.

»Wir versuchen eine Härtung durch Oberflächenbehandlung«, erklärte Polazzo. »Und zwar durch Laserstrahlen und durch Legieren.« Er blätterte in einem bereitliegenden Versuchsprotokoll, einem abgegriffenen Heft, und referierte daraus, als er die entsprechende Stelle gefunden hatte: »Unser Werkstoff M-1009, gewissermaßen ein Vorläufer unserer jetzigen Reihe, hatte eine Härte, die bei zweitausendzweihundert Kilopond pro Quadratmillimeter lag. Dafür war dieses Material zu spröde. Bruchfestigkeit und Dehnungsfähigkeit waren zu niedrig.«

Manzini nickte. »Im Endeffekt heißt das, für jede Eigenschaft des Stahls einen eigenen, spezifischen Werkstoff mit spezifischem Verhalten, ist das richtig?«

»Ja, so ungefähr«, gab Palm zu. »Und warum auch nicht?« Er warf Polazzo einen kurzen Blick zu, um ihn fürs erste zu stoppen, dann fuhr er fort: »Für jeden Verwendungszweck ein besonderes Material, jeweils ausgelegt auf Zug und Dehnung, Steifigkeit oder Elastizität. Der Schwerpunkt des Einsatzes, die Forderungen, die an ein Material gestellt werden, wechseln in der Praxis doch von Fall zu Fall!«

Aber der Wortführer der Gruppe um Manzini wischte Palms pragmatische Erläuterungen mit einer abrupten Geste beiseite. »Ich stelle nur fest, zu Beginn der Versuchsreihen war von einem vollwertigen Ersatz . . .«

Da unterbrach ihn Polazzo: »Nie und zu keiner Stunde habe ich . . .«

Aber der andere fuhr mit wesentlich erhöhter Lautstärke fort: ». . . von einem vollwertigen Ersatz von Stahl die Rede . . .«

»Nein«, unterbrach Polazzo wiederum. »Nein! Ich habe im Gegenteil damals wie heute . . .«

»Gut, heute klingt das eben anders. Heute sind wir klüger und bescheidener geworden . . .«

Aber Polazzo erlaubte keinen unfairen Widerspruch und auch keine gütlich-gütige Zustimmung: ». . . damals wie heute habe ich von der Vielzahl charakteristischer Eigenschaften des Stahls gesprochen . . .!«

Palms Versuch, die unfruchtbare Diskussion zu beenden, war endgültig fehlgeschlagen.

»Wir müßten nicht experimentieren mit Ihrem Geld«, rief Polazzo etwas zu laut in die Runde, »wenn wir eine perfekte Lösung parat hätten!«

»Wenn ich nicht irre, geht es hier und heute um die Bewilligung weiterer Mittel, um diese Versuche fortzuführen!« entgegnete ein anderes Mitglied aus Manzinis Gruppe, nicht weniger aggressiv und gereizt.

»Genau das ist richtig«, triumphierte Polazzo. »Und diese Mittel könnten Sie sich sparen, wenn wir heute bereits am Ziel wären. Was haben Sie eigentlich erwartet?«

»Etwas mehr!« lautete die lapidare Antwort.

Und ein anderer ergänzte: »Ich glaube nicht, daß eine Entscheidung jetzt, also hier und heute, fallen kann!«

3

Polazzo verließ als letzter den Raum und löschte das Licht.

Die Herren vom Kuratorium standen in der Vorhalle und schwiegen.

Draußen im Hof hatte es angefangen zu regnen.

Palm war hinausgetreten und versuchte die drei schwarzen Dienstwagen direkt zum Tor der Remise zu lotsen. Aber die Fahrer waren nirgends zu sehen. Vielleicht standen sie drüben in der Halle des Palais um den Kaffeeautomaten herum und schwätzten. Also lief er eben hinüber, ohne Schirm und ohne Mantel.

Vermutlich war die gutgemeinte Absicht nur die, das lastende Schweigen zu brechen, als einer der Herren sich leise und vertraulich an Polazzo wandte: »Noch eine Frage: Läßt das neue Material sich schweißen?«

Polazzo wirkte verblüfft, aber dann antwortete er ebenso sachlich: »M-1209? Nein. Aber die Reißfestigkeit nach einer Verbindung durch Kleber ist höher als bei Schweißverbindungen. Außerdem vermeiden wir grundsätzlich die negativen Eigenschaften von Stahl: das hohe Gewicht. Und M-1209 ist korrosionsfest — es rostet nicht.

»Ich möchte abschließend sagen, ich bin sehr beeindruckt!«

Manzini stand unter dem weitausladenden Vordach der Remise und wandte sich Polazzo zu, der durch das offenstehende Tor zu ihm ins Freie trat. Wie ein Vorhang ging der Regenschauer dicht vor ihnen nieder.

»Wir alle sind sehr beeindruckt!« Manzini blickte kurz zu seinen Begleitern, die ihm nach und nach draußen gefolgt waren. »Nein, wirklich. Glauben Sie mir das! Trotz aller Einschränkungen, trotz aller kontroversen Meinungen, die hier zur Sprache gekommen sind.« Er lächelte Polazzo ehrlich und wohlmeinend an. »Sie sagten ja selbst«, fuhr er fort, »alles braucht seine Zeit. Jedenfalls danke ich Ihnen und beglückwünsche Sie!« Er reichte ihm offenbar ganz spontan die Hand.

Polazzo zögerte nur kurz. Dann schlug er ein, obwohl ihm nicht wohl war bei diesem plötzlichen und unerwarteten Friedensschluß.

Er sah sich zu den anderen Gästen um, konnte aber keinerlei Anzeichen für ein Komplott erkennen. Die Herren wirkten gleichmütig, warteten auf die Wagen, auf ihre Fahrer, genossen die frische Luft. Weiter nichts.

Wenn Polazzo zu dieser Stunde die Wahrheit, die volle Wahrheit, erfahren hätte, es hätte ihm nichts genutzt. Er hätte sie nicht geglaubt. Denn die Verknüpfungen und Verknotungen, in denen sich der einzelne fängt, sind in der Politik wie in der Wirtschaft ungreifbar.

Daher reagierte Polazzo auch ganz naiv, als Manzini seiner Brieftasche eine Reihe gerahmter Dias entnahm und sie für ihn gegen das schwindende Licht dieses regnerischen Oktoberhimmels hielt. »Hier . . .!«

»Was ist das?« fragte Polazzo, als er einen kurzen Blick darauf geworfen hatte.

»Skizzen. Konstruktionszeichnungen«, erklärte Manzini. Dann wechselte er die Dias in seiner Hand. »Und hier: ein Modell! Nehmen Sie nur. Sehen Sie sich die Bilder an!«

Polazzo erblickte eine Brücke. Strahlend weiß überspannte eine kühne Konstruktion einen Meeresarm oder eine Bucht. Das Filigran der Tragseile bündelte sich in Pylonen von gewaltigen Ausmaßen. Wie ein gespannter Bogen dehnte sich die freischwebende Brücke von einem

Ufer zum andern.

»Sehr schön, nicht wahr?« kommentierte Manzini.

»Und wo steht sie, diese Brücke?« fragte Polazzo.

Manzini lachte. »Nirgends! Sie existiert noch nicht. Oder vielmehr: nur in Plänen und Modellen. Die Daten: Spannweite des freitragenden Mittelteils — zwölfhundert Meter. Die ganze Brücke: über vier Kilometer. Sie überspannt die Bucht von Vancouver, Kanada. Das heißt — morgen. Irgendwann in der Zukunft wird sie das neue Wahrzeichen dieser Region sein.«

Er machte eine Pause, überließ Polazzo das Dia, wechselte nur einen kurzen Blick der Verständigung mit einem seiner Begleiter, ehe er fortfuhr: »Herr Polazzo, sagen Sie bitte: Könnten Sie sich vorstellen, daß eine solche, gewaltige Brückenkonstruktion aus Ihrem neuen Material, aus Ihrem ... äh — M-1209 ... nein?«

Er sah den skeptischen Blick Polazzos, sein verlegenes Lächeln, die Andeutung eines Kopfschüttelns. »Noch nicht, gut, aber wann?« Er sah ihn freundschaftlich an, dann nahm er ihm das Dia aus der Hand. »Schade, wirklich.«

Vorsichtig verstaute er die Dias in einem Plastiktütchen, das er in seine Brieftasche legte. »Ja, das wollte ich Ihnen zeigen. Wissen Sie, bei Ihrer Begeisterung, Ihrem Know-how ...«

Er schwieg, blickte hinaus in den Regen, hinauf zu dem grauen Himmel mit seinen tiefhängenden, treibenden Wolken. »Vielleicht sollten wir — ein paar Worte unter vier Augen ...?« Er sah Polazzo nur kurz und prüfend an, machte eine aufmunternde Kopfbewegung, ging hinaus in den Hof, hinaus in den strömenden Regen, ohne Polazzos Reaktion, ohne seine Zustimmung abzuwarten.

Der folgte ihm nun, verwirrt, irritiert. Er schaute sich um. Die Besucher standen schweigend vor dem Tor der

Remise, ohne Anteilnahme, ohne Erstaunen.

Irgendwo dahinter, in der Dunkelheit des Raumes, vermutete er die Kollegen. Keiner von ihnen ließ sich sehen.

Enrico Polazzo fühlte sich verlassen, preisgegeben.

Die Show, die Demonstration hatte eine Richtung erhalten, die er nicht erwartet hatte, auf die er nicht vorbereitet war.

Jetzt lief er hier im strömenden Regen hinter der autoritären Vaterfigur dieses Professors Manzini her, einem Typ des Wissenschaftlers, den er im Aussterben vermutet hatte. Solchen Vätern war er aus gutem Instinkt schon auf der Universität aus dem Weg gegangen. Und jetzt, nach einigen erfolgreichen Jahren in Unabhängigkeit und Freiheit, spürte er den Zugriff einer üblen Generation, die immer und überall noch das Sagen hatte — in der Wirtschaft, an den Hochschulen, in der Politik. Ob das nun Realität war oder paranoide Projektion, er empfand es jedenfalls so, jetzt und hier und in diesem Augenblick.

4

»Wissenschaftliche Information erreicht uns nicht nur durch bedrucktes Papier!« Manzini war stehengeblieben. Er schien den Regen nicht zu spüren, den die Windböen, die aus dem Park heraus in den Hof einfielen, in dichten Schauern niederprasseln ließen. »Auch durch bloßen Kontakt, durch Osmose gewissermaßen, durch die Berührung mit Konflikten, Ideen, Tendenzen tauschen wir Erfahrungen aus, ohne uns dessen bewußt zu sein. Wichtig ist doch in erster Linie das, was noch nicht völlig zu Ende gedacht worden ist. Die unveröffentlichte Innovation. Sie stimmen mir zu?«

Polazzo nickte. Mehr aus Reflex auf den fragenden Blick. Weniger aus Überzeugung.

Er blickte auf die dichte Kette kleiner Regentropfen, die sich am Rand von Manzinis Hut sammelten, auf das regennasse, faltige Gesicht dieses Mannes, der nun leise und intensiv weitersprach.

»Aber alles das bleibt dem verschlossen, der sich isoliert und auf einem verlorenen Posten verharrt. Sie verstehen mich?«

Wieder nickte Polazzo und schlug den Kragen seines Labormantels hoch.

Aber Manzini widersprach dieser Zustimmung. »Ich glaube nicht, daß Sie mich verstehen. Ich fürchte, Sie haben Ihre Isolation hier an diesem Ort, in diesem Institut, diesem Blauen Palais, noch nicht richtig durchschaut und begriffen.«

»Was hat das alles mit diesen Bildern zu tun, diesen Dias?« fragte Polazzo. »Mit diesen Skizzen, diesem Modell?«

»Mit dieser Brücke?« Manzini lächelte und ging weiter durch den Regen. »Eigentlich gar nichts, wenn man so will!«

Er holte umständlich ein Taschentuch aus seiner Manteltasche und begann sich die Hornbrille mit den dicken Gläsern zu putzen, die der Regen undurchsichtig gemacht hatte. »Baubeginn«, fuhr er fort, ohne Polazzo anzusehen, »ist in einigen Monaten. Ein Test, gewissermaßen, unter den strengen Sicherheitsmaßstäben der kanadischen Regierung.«

Er prüfte die Sauberkeit der Brillengläser, indem er sie gedankenlos und zerstreut gegen den Himmel hob — erneut in den Regen. »Das Material wird von der IMT geliefert, das heißt von einer dieser zahlreichen Konzerntöchter: synthetischer Stahl!« Er setzte die nasse Brille wieder auf und blickte Polazzo prüfend an. »Die Entwicklungslabors dieser Firma liegen übrigens in der Wüste von New Mexico.«

Dann faßte er plötzlich nach dem Arm von Polazzo und zwang ihn stehenzubleiben.

Der Labormantel war naß wie ein Lappen, auch das Hemd darunter. Aber Polazzo spürte nicht den Griff, nicht die Nässe, nicht die Kälte. Er sah nur in die eindringlich blickenden Augen hinter den dicken Brillengläsern.

»Packen Sie Ihre Koffer, Polazzo«, sagte Manzini, »gehen Sie weg von hier, das ist aussichtslos. Fahren Sie nach New Mexico und sehen Sie sich dort einmal um.« Er lächelte wieder. »Ich würde es zumindest für sinnvoll halten.«

Die Fahrer hasteten aus dem Portal und starteten ihre schwarzen Limousinen. Yvonne hatte Schirme besorgt und begleitete nun die Herren einzeln zu ihren Dienstwagen.

Polazzo hatte das beobachtet und in jenen kurzen Augenblicken registriert, die seinem Unterbewußtsein blieben, bevor Manzini zum Ende kam.

»Also. Machen wir's kurz. Wenn Sie dort unten Kontakte brauchen, lassen Sie mich das wissen!« Manzini ließ Polazzos Arm los, nickte ihm nochmals freundschaftlich zu, dann wandte er sich ab.

Der Wind wirbelte Tropfen und Blätter über den Hof.

Manzini hielt seinen Hut fest und sah sich nicht mehr um.

Die Besucher waren längst alle in ihren Fahrzeugen verschwunden. Nur einer der Fahrer harrte im Regenschauer aus und hielt Manzini den Wagenschlag auf.

Ein kurzer Händedruck mit Palm, der gewartet hatte und der nun den entschwindenen Wagen einen kurzen Gruß nachwinkte.

Die Kollegen des Blauen Palais waren hinüber ins Hauptgebäude geeilt. Im ersten Stock flammten die Lichter auf und spiegelten sich in den Pfützen des Hofes.

Polazzo beobachtete, wie die Regentropfen zu Blasen wurden, die über das Wasser trieben. »... in der Wüste von New Mexico ...«, klang es in seinem Ohr.

Kühn verriegelte das Portal der Remise und eilte mit großen Sprüngen hinüber zu dem Seitentrakt, den er mit seiner Frau bewohnte.

«Das Material liefert die IMT — synthetischer Stahl ...«

Immer noch stand Polazzo auf dem gleichen Platz, an dem Manzini ihn verlassen hatte.

»Eine Brücke. Viertausend Meter lang. Wahrzeichen der ganzen Region ...«

Langsam ging er über den Hof. Keiner beobachtete ihn. Er hätte es auch nicht bemerkt, so wenig wie er den Regen bemerkte, der ihm ins Gesicht peitschte.

Mit klammen Fingern preßte er den Kragen seines Labormantels zusammen. Die Haare klebten ihm am Kopf. Die Kälte kroch bis an seine Knochen. Aber seine Nerven registrierten das nicht mehr.

Er hatte volle drei Jahre an einer Idee gearbeitet. Tag für Tag und die meisten Nächte.

Er war überzeugt gewesen, erfolgreich zu sein, vielleicht sogar einmalig und konkurrenzlos ...

Er konnte einpacken.

5

»Mach das Licht aus!«

Mit einer schmerzhaften Geste bedeckte Polazzo seine Augen. Er lag so lange Sekunden, hingestreckt auf dieser spartanischen Liege, den Arm mit dem zerschlissenen Pullover quer über das Gesicht, bis Yvonne begriffen hatte und das grelle Deckenlicht wieder verlöschte.

»Du bist hier?« Sie schien erstaunt. Wo sonst sollte er schon sein. Eine Kneipe, in der man sich mal richtig volllaufen lassen konnte, war im Umkreis von zehn Kilometern nicht zu finden, und private Alkoholvorräte hielten sich leider nie sehr lange in der Isolation des Palais. In Notfällen, wie diesem, war jedenfalls nie etwas zu finden.

»Isolation . . . Wenn Sie Kontakte brauchen . . .«

»Was willst du?« fragte er das Mädchen mit den langen braunen Haaren und dem entzückenden französischen Akzent, der ihm heute so unsagbar albern und gekünstelt erschien.

»Komm herunter, Enrico«, flüsterte sie, als ob er am Einschlafen wäre. »Palm will mit dir reden. Die anderen auch!«

»Danke nein!« sagte er nur. Dann stöhnte er auf. »Mach endlich das Licht aus!«

»Aber es ist doch aus!« verteidigte sie sich.

Er hatte es nicht bemerkt.

Langsam nahm er seinen Arm vom Gesicht. Dämmerlicht fiel durch das kleine Mansardenfenster. Er konnte die Gestalt des Mädchens erkennen, mit dem er die Nächte teilte in diesem schmalen Bett, er faßte nach ihrer Hand, zog sie näher zu sich. Es war eine Geste der Entschuldigung.

»Rico — was fehlt dir?«

O diese idiotischen Fragen! Sie war liebenswert, aber hin und wieder enervierend unsensibel, um nicht zu sagen dumm.

»Nichts fehlt mir. Nichts . . .!«

Sie war die rechte Hand von Palm, schmiß, wie es so heißt, den ganzen Laden. Aber ihm gegenüber war sie offensichtlich betriebsblind.

Sie setzte sich zu ihm, strich ihm das Haar aus der Stirn, das immer noch feucht war vom Regen.

»Kannst du mir tausend Dollar besorgen?« fragte sie leise.

Er versuchte, über diesen Witz zu lachen.

»Tausend Dollar . . .!« wiederholte sie. »Nein, bitte lach nicht, ich meine das im Ernst.« Sie hatte eine Zeitung mitgebracht und nun raschelnd auf das Fußende des Bettes gelegt.

»Versuch doch, Herrn Kühn anzupumpen«, schlug er vor. »Als Hausmeister ist er der einzige, der hier im Palais regelmäßig Geld bezieht.«

»Hab' ihn schon gefragt«, gab sie zu. »Es tut ihm leid, sagt er. Er hat bereits alles verliehen!«

Vielleicht ist sie doch nicht dumm, dachte er. Vielleicht ist sie sogar sehr gerissen. Vielleicht ist ihre Einfältigkeit eine Masche, ein Erfolgssystem, auf das Männer fliegen, die normalerweise Angst haben vor intelligenten Frauen. Auch solche wird es ja wohl geben.

»Ich glaube, er spekuliert . . .!« Sie riß ihn aus seinen tiefschürfenden Gedanken über sie.

»Er tut was?«

»Er spekuliert«, wiederholte sie, ohne eine weitere Erklärung für diese Behauptung zu geben. »Und so kam ich auf die Idee!«

»Auf welche Idee?« wollte er wissen.

Sie stand umständlich auf und tastete nach der Zeitung.

»Darf ich Licht machen? Nur die Schreibtischlampe?« Sie wartete seine Antwort nicht ab.

Das gelbe Licht erfüllte nur den unteren Teil des Zimmers, schien ihm jedoch direkt in die Augen.

»Hast du Kopfschmerzen?« fragte sie in einer plötzlichen Anwandlung von Mütterlichkeit.

»Nein, mir geht es blendend!« Wieder bedeckte er die Augen.

Er hörte, wie sie den Stuhl vor dem Arbeitstisch zurechtrückte, sich setzte und die Zeitung knisternd und raschelnd auseinanderfaltete.

»Was suchst du?«

Er hatte richtig geraten. Sie suchte etwas und konnte es nicht finden.

»Wie heißt die Firma, diese ›Companie‹, du hast gesagt . . .?«

»Welche Firma?«

»In England«, versuchte sie zu erklären, »oder in Amerika. Die das Material liefert für die große Brücke?«

»Ach so, ja.« Er begriff. »IMT. Warum fragst du?«

»Und was heißt das?« wollte sie wissen.

»›International Manufacturing and Trade Company‹ oder so ähnlich.«

»Eine größere Firma?«

Auf diese Frage konnte er sein Lachen nicht mehr bezähmen. »Eine der größten! Weltweit! Ein multinationaler Konzern. San Francisco, New York, Caracas, Sydney, Johannisburg, Frankfurt am Main, Paris . . .« Er machte eine Pause und atmete tief durch. »Vielleicht auch Kuweit und Abu Dhabi«, fuhr er fort. »Erdöl und Atomkraftwerke, Kinderspielzeug, Kupferminen, Fischfang und Supermarktketten, Elektronik, Zeitungsverlage, Waschmittel, Nachrichtensatelliten, Schnapsbrennereien, Fernsehsender, Antibabypillen — und so weiter!« Er war atemlos geworden.

»Ach ja«, sagte sie nur. »Ich begreife!«

»Nein«, widersprach er, »das glaube ich nicht, das ist unbegreiflich.« Er nahm die Hand von seinen Augen und richtete sich auf. »Konglomerat — Mischkonzern«, erklärte er weiter. »Ein Dutzend Töchter. Beteiligung an Hunderten von Firmen, Holdings und Schachteln und Sperrminoritäten.«

»Also eine amerikanische Firma!?« wollte sie wissen.

»Multinational, sag' ich dir doch! Die sind überall und nirgends. Firmensitz vermutlich Bahamas. Gewinne entstehen immer nur dort, wo keine Steuern anfallen. Die schieben immer alles so hin und her, bis scheinbar nichts mehr übrig ist. Und damit zementieren die heimlich ihre Macht. Ein Gigant.« Er schwieg plötzlich und dachte nach. »IMT«, fuhr er leise fort. »Die haben alle Möglichkeiten, und die sollte man nutzen!«

Sie nickte nur, schien plötzlich weit weg mit ihren Gedanken, dann ließ sie wieder ihren Finger über die Zeilen der Zeitung wandern.

»Hörst du mir überhaupt zu?« fragte er.

»Natürlich, Rico!«

»Was suchst du in der Zeitung?«

Aber da jubelte sie bereits: »Hier steht es, ich hab' es gefunden. Doch eine amerikanische Firma: ›INT. MAN. & TRADE — 52½.‹«

Er stand auf und sah ihr über die Schulter. »Was ist das?«

»Börsenkurse«, antwortete sie stolz. »New York Stock Exchange — 52½ am letzten Freitag.«

»Börsenkurse?« Er beschloß, sich künftig über dieses Mädchen nicht mehr zu wundern, am besten sogar, keine vorgefaßte Meinung mehr über sie zu haben.

»Wenn es sich herumspricht«, erklärte sie ihm nun,

»was die Neues erfunden haben, synthetischen Stahl, die Geschichte mit der Brücke ...«

Polazzo winkte ab. »Weiß außer uns doch vermutlich schon jeder!«

»Nein.« Sie schüttelte den Kopf. »Palm sagt, und der hat mit Manzini ja noch gesprochen, es ist geheim. Streng geheim. Aber irgendwann spricht es sich natürlich herum. Und dann steigt der Aktienkurs, steigt immer höher und höher ...!«

»Wir! Wir werden reich!«

Er fand es sehr sympathisch von ihr, daß sie bereit war, mit ihm zu teilen.

»Nur — woher bekomme ich jetzt tausend Dollar?« fragte sie ihn.

»Nicht von mir, Yvonne! Bestimmt nicht von mir ...!«

6

Es ging auf Mitternacht.

Palm hatte alle Mitarbeiter in die große Halle gebeten. Der Anlaß schien ihm wichtig genug für dieses außergewöhnliche Treffen.

Die Diskussionen über die Zukunft des Palais, über ihre weitere Arbeit, über Polazzos ehrgeiziges Projekt und die Reaktion von Manzini und seinen Begleitern vom Kuratorium, das alles sollte aus dem Bereich der Gerüchte, des subversiven Getuschels, der Vermutungen und Befürchtungen heraus und einer sachlichen und emotionslosen Strategie weichen.

Alle waren erschienen — außer Polazzo. Yvonne war es

nicht gelungen, ihn aus seiner Lethargie zu reißen.

Aber ohne Polazzo war jede Aussprache sinnlos.

Manzinis Andeutungen, seine Ratschläge und Kommentare, eigentlich unter vier Augen nur Polazzo gegenüber geäußert, hatten längst die Runde gemacht. Yvonne hatte das interne Informationssystem des Palais mit wörtlichen Zitaten versorgt.

Und keiner nahm es nun Polazzo übel, daß er nach dem Stand der Dinge schlichtweg ausflippte, Pillen genommen oder sich betrunken hatte.

Aber trotzdem harrten sie noch aus, standen verloren und niedergeschlagen herum, tranken Kaffee aus Pappbechern und schwiegen sich an.

Und plötzlich stand Polazzo unter ihnen. Keiner hatte ihn gesehen, keiner hatte ihn kommen hören. Er war da, wie selbstverständlich und füllte sich seinen Kaffeebecher unter der Thermoskanne.

»Enrico«, rief Yvonne überrascht. Aber er achtete nicht auf sie, rührte nur bedächtig die Unmengen Zucker um, die er in seinen Becher geschüttet hatte, sah etwas scheu und nervös in die Runde und murmelte: »Tut mir leid — wirklich!« Damit ließ er sich in einen der alten englischen Lehnsessel fallen, die mit zerschlissenen Polstern in der dunkelsten Ecke des Raumes standen.

»Ja, tut uns allen leid, natürlich!« sagte Palm und trat zu Polazzo, ohne sich zu setzen. »Sie haben erreicht, was unter den gegebenen Umständen zu erreichen war«, fügte er hinzu. »Und das war eine ganze Menge, das finden wir alle.«

Polazzo versuchte ein Lächeln und nickte Palm zu.

Nach und nach waren sie alle in diese düstere Ecke des Raumes getreten und standen nun mit verlegenen Mienen um Polazzo herum. Es wirkte wie eine Beerdigung. Ein Kondolenzempfang.

»Das letzte Wort über M-1209 ist noch nicht gesprochen«, begann Palm nach einer Pause. »Das Patentverfahren läuft . . .«

Aber Polazzo lachte nur und wischte mit einer großen Geste Palms Tröstung und die Beileidsatmosphäre zur Seite. »Ja, ja, ja — außer Spesen . . . und so weiter. Lassen wir das doch! M-1209 ist ein genialer Wurf, aber leider zu spät, am falschen Ort, in der falschen Firma entstanden. Oder wie . . .?« Er sah provozierend in die Runde.

Also doch getrunken, dachte Yvonne und zog sich in eine der Fensternischen zurück.

Aber Polazzo stoppte sie. »He, Yvonne . . .!« Er zeigte auf sie. »Sie will euch allen ein Geschäft vorschlagen. Ja, wirklich. Vielleicht bringt der heutige Tag doch noch etwas ein. Mister Wong, wir brauchen tausend Dollar!«

Wong winkte heftig ab. »No money! Kein Geld!«

»Okay«, entgegnete Polazzo, »Sie haben auch immer die gleichen Texte! Vergessen Sie die tausend Dollar. So kleinkariert läßt man das lieber. Die Geschichte hat nur Sinn mit zehntausend, hunderttausend . . .«

»Woher?« fragte Palm. »Und wofür?«

Da faßte Yvonne wieder Mut und kam aus ihrer Ecke angeschlichen. »Meine Idee. Ein Tip. Aktien der IMT — Sie stehen auf 52½. . .«

Palm sah seine Sekretärin etwas fassungslos an. Auf diese Form der Emanzipation war er nicht vorbereitet. »Spekulation? Oder was meinen Sie, Yvonne?«

»Wir kaufen Aktien«, erklärte sie. »Die IMT ist doch diese Firma . . .«

»Ich habe schon verstanden!« unterbrach er sie. Aber dann schüttelte er den Kopf. »Es kommt überhaupt nicht in Frage!«

»Warum nicht?« wollte sie wissen.

»An der Börse verdienen nur die Insider Geld«, versuchte Eva zu erklären, »die Broker und Makler und ihre großen Kunden, die Banken. Nur die ›Bestinformierten‹, die Spekulanten, erwischen den richtigen Zeitpunkt, ein- oder auszusteigen. Der kleine Anleger, der Laie, der liefert mit seinem Einsatz diesen Leuten nur das Kapital für ihren Profit!«

Sie meinte es ernst. Aber bevor Palm diese These relativieren und durch eine etwas realistischere Erklärung zurechtrücken konnte, hatte Yvonne bereits temperamentvoll entgegnet: »Bestinformiert! Jawohl! Wir sind bestinformiert!« Sie schwenkte die Zeitung mit den Börsenkursen, die sie immer noch in der Hand hielt. »Wir haben die Information mit der Brücke!«

»Zeigen Sie mal!« Kühn hatte seine Bierflasche auf den Marmorboden gestellt und nach dem Blatt gegriffen.

»Herr Kühn!« Yvonne schien entsetzt. »Ich denke, Sie haben kein Geld!«

»Will ja nur mal sehen«, entschuldigte er sich.

»Also, schön, vergessen wir das«, sagte Polazzo. »Es war ohnehin nicht ernst gemeint.« Er wechselte das Thema: »Wer von euch erinnert sich noch an John McLean?«

»Jeder von uns erinnert sich an McLean«, entgegnete Palm, »aber möglicherweise ungern.« Er sah sich um. Die Reaktion der Anwesenden war alles andere als positiv.

»Mein Gott, ja«, wandte Polazzo ein, »aber es ist doch Jahre her!«

»Lange her, ja«, gab Jeroen de Groot zu, »aber das ist kein Grund für mich, McLeans arrogantes Verhalten zu vergessen. Er hat ein ganzes Jahr hier gelebt, hat hier gearbeitet und war keinen einzigen Tag lang bereit, sich diesem Team anzupassen. Im Gegenteil. Er blieb von Anfang an ein Fremdkörper, und das einzig Positive, was ich von ihm sagen kann, ist, daß er freiwillig ging, bevor wir ihn rauswerfen konnten.«

»Und was ist nun mit McLean?« wollte Palm wissen. »Will er hierher zurück?«

»Nein, keine Angst!« Polazzo hatte seinen Kaffee ausgetrunken und den leeren Becher geschickt in einen der entfernt stehenden Papierkörbe katapultiert.»Ich glaube«, fuhr er fort, »das Blaue Palais ist für ihn ein rotes Tuch.« Er lachte. »Zumindest sind wir nicht seine Freunde!« Er stand auf, trat ans Fenster, sah hinaus auf den Hof, in diese undurchdringliche Schwärze der Nacht. »Isoliert, sagte Manzini. Wir sind hier isoliert!« Er wischte, als die Scheibe beschlug, mit dem Handballen die Feuchtigkeit vom Glas. »Verlorener Posten«, sprach er weiter. »Weit ab von der Welt, oder so ähnlich!« Er sah die anderen, die hinter ihm standen, sich in der Scheibe spiegeln. »Wir sind uninformiert. Haben uns eingegraben, abgekapselt!« Er drehte sich wieder um. Stand nun mit dem Rücken zum Fenster und blickte die Kollegen, die übernächtigt und stumm vor ihm standen, nachdenklich an. »McLean, das fiel mir vorher ein, der ging zur IMT, und zwar nach London, zuerst, und dann in die Wüste . . .«

»Als einer von über zwanzigtausend Chemikern«, warf Büdel ein, »die für diesen Konzern arbeiten.«

»Das wird kaum reichen!« gab Polazzo zu bedenken.

»Oh«, lachte Büdel, »bei Chemikern kommt's mir auf ein paar Dutzend nicht an!«

»Darauf komme ich zurück!« drohte Polazzo.

»Ist in Ordnung«, lachte Büdel. »Aber was ist mit McLean?«

»Ob er noch dort ist, weiß ich nicht.« Polazzo dachte nach. »Ein Forschungslabor im Südwesten der USA. Eine Tochter der IMT in New Mexico. ›Alcali Flat Chemicals‹ — oder so ähnlich. Vielleicht ist das der Laden, den Manzini meint?«

»In der Wüste von New Mexico? Ist ja lieblich!« Büdel schüttelte sich. »Dann doch noch lieber Blaues Palais — trotz Einsturzgefahr!« Er klammerte sich an eine der Säulen, die die reichgeschmückte Decke mit ihren riesigen, häßlichen Wasserflecken trugen.

»Was wollen Sie von McLean?« Palm hatte auf seine Uhr gesehen und war nun bestrebt, die Diskussion zu verkürzen. »Was haben Sie vor mit ihm?«

»Vor, mit ihm? Nichts!« bekannte Polazzo. »Ich will, vielleicht, Informationen von ihm. Über die Firma, seine Arbeit, die IMT, über synthetischen Stahl . . .«

»Das können wir ebenso gut von Manzini erhalten!«

Aber Polazzo schüttelte auf Palms Einwand nur den Kopf.

»Nein. Nicht Manzini.« Er wehrte sich gegen diese Vaterfigur und die erlittene Frustration. »Ich brauche ihn nicht, er braucht mich nicht. Vergessen wir das.« Er drehte sich wieder um, sah hinaus in die Nacht.

Es hatte wieder zu regnen begonnen. Die herabfallenden Tropfen fingen glitzernd das Licht, das aus dem Fenster fiel.

»Vielleicht . . .« Er machte eine lange Pause, bevor er wiederholte und weitersprach: »Vielleicht . . . besorgt mir McLean einen Job dort unten!«

»In New Mexico?« fragte Palm erstaunt. »Bei der IMT?«

»Ja, wie Manzini es empfohlen hat. Nur ohne ihn, ohne seine Hilfe, möglichst ohne sein Wissen!« Polazzo lehnte seine Stirn gegen das kalte Glas der Scheibe und schloß die Augen.

Auf den Einwand von Yvonne: »Rico, du willst weg?« reagierte er nicht. Eher schon auf das Schweigen der anderen.

»Ja«, sagte er. »Isoliert und auf verlorenem Posten!«

Und als immer noch keiner seinen Entschluß kommentierte, fügte er hinzu: »Wer hier abhaut oder abhauen mußte — vielleicht macht den McLean zu seinem Freund!«

7

Ein heißer Wind kam über die Prärie, wirbelte Staub und Sand zu Spiralen, trieb dornige Kugeln aus Tumble Weed über die Betonpiste und ließ das Gesicht des Mannes mit dem Cowboyhut schweißnaß glänzen.

Am Tower des aufgelassenen Militärflugplatzes hing als besonderer Kundendienst für die zweimal täglich ankommenden Passagiere ein Schild: »Today — over 100« — über einhundert Grad Fahrenheit — fast 40 Grad Celsius. Und das Schild hing dort schon seit Wochen.

McLean schob den Hut in den Nacken, lehnte sich gegen die Ladefläche seines Pickup-Trucks, wie ihn die Farmer im Südwesten, in Texas, New Mexico und Arizona, benutzten, und fixierte durch die verspiegelten Gläser seiner dunklen Brille den Punkt, der zwei Handbreit über dem Horizont heranschwebte und von Sekunde zu Sekunde größer wurde.

Außer Sand und Hitze trug der Wind nun das schrille Singen der Turboproptriebwerke heran. Die Fokker-Friendship setzte zur Landung an und reflektierte die tiefstehende Sonne.

McLean schloß das feuchte Hemd und zog die Kordel mit dem indianischen Silberschmuck fester um den Hals. Dann sah er auf seine Uhr: 3.45 pm. Pünktlich auf die Minute setzte die kleine Maschine auf.

Polazzo preßte die Stirn gegen das Acrylglas des Fensters und starrte hinaus. Er tat das seit Stunden.

Er hatte den Atlantik überquert, war morgens auf dem Kennedy Airport von New York gelandet und hatte nach einem kurzen Zwischenstop seinen Flug fortgesetzt — quer über diesen Kontinent. Bei St. Louis hatten sie den Mississippi überflogen, vor ihm lag nun der legendäre Westen, dehnten sich die unendlichen Weizenfelder über Hunderte und Hunderte von Meilen. Zwischenlandung in Kansas City. Dann begann das Grasland, die Prärie. Kreisrunde Flächen, von den Sprinklern der Bewässerungen leuchtend grün aus dem Ocker der trockenen Steppe herausgestanzt, reihten sich aneinander wie ein geometrisches Spiel. Fünf Staaten trafen hier zusammen: Kansas, Colorado, Oklahoma, Texas und New Mexico.

Dann schoben sich braun und bizarr die Ausläufer der Rocky Mountains in die sandige Ebene.

Ein gigantisches Land, dachte Polazzo. Grenzenlos. Alles, was er sah, war grenzenlos und gigantisch, die Entfernungen, die Weite, die Steppe, die Prärie, die Canyons, die Berge. Schnurgerade Straßen verbanden winzige Siedlungen von Horizont zu Horizont.

Hingesprenkelt um die Wasserlöcher im Grasland die tausendköpfigen Rinderherden.

Die Espen an den schroffen Hängen glühten auf in leuchtendem Gelb. Oktober. Indian Summer.

An den Berg gepreßt lag Santa Fé. Die Maschine hatte längst ihre Reiseflughöhe verlassen, zog eine weite Schleife über Stadt und Highway, über Indianersiedlungen, Wohnwagenparks und senkte sich in das Tal des Rio Grande.

Ausgehöhlte Berge, Bunker, Stacheldraht, Fabriken, Kasernen, Hangars. Albuquerque lag vor ihnen, unter ihnen Sandia, eine der Rüstungsschmieden der USA.

Polazzo hatte vierzig Minuten Aufenthalt. Der Souvenir-Shop bot Indianisches feil. Airport-Art wie überall, mit dem Touch des Südwestens. Türkisschmuck für Männer, Texashüte, Lederzeug.

Er übte sich ein, aß Hamburger, trank alkoholloses »Root Beer« und schwor sich, nicht länger als drei Wochen zu bleiben.

Dann wurde sein Flug aufgerufen, und außer ihm stiegen noch weitere vier Personen in die kleine Maschine. Ein indianisches Ehepaar war darunter, so schien es ihm. Aber sie sprachen Spanisch mit dem harten mexikanischen Akzent. Vor hundert Jahren noch war New Mexico spanisch-mexikanische Kolonie.

Unter ihnen lag die Wüste, eingerahmt von schwarzen Bergen. Aber diese Wüste lebte. Kreuz und quer war sie von Pisten zerfurcht. Bunker, Unterstände, Lagerschuppen auch hier. Und auf allen Bergkuppen leuchteten die schneeweißen Kugeln der Radarantennen.

Als die Maschine aufsetzte, schlug sein Kopf hart gegen den Rahmen des Fensters. Ein Wasserturm. Ein niederes Gebäude im indianischen Adobe-Stil. Ein geradezu unendlicher See aus Beton, von Grasnarben aufgebrochen, von verwaschenen weißen und gelben Markierungen zerteilt. Ein riesiger Hangar, ein Parkplatz dahinter, leer und verwaist. Und dort, wo die Linien von Beton und Prärie ineinander verfließen, stand im flirrenden, heißen Licht ein Mann an einen Lieferwagen gelehnt und hob die linke Hand zu einem lässigen Gruß.

8

»Immer so warm hier?« Polazzo war über den glühenden Beton zum Rand der Piste gegangen und reichte McLean die Hand. Sie war feucht, und sein Hemd klebte bereits an der Haut.

»Im Sommer ist es wärmer!« sagte McLean und lachte, nahm Polazzo Koffer, Reisetasche und Mantel ab und warf alles ziemlich achtlos auf die Ladefläche seines Wagens. »Ist das alles?« wollte er wissen. »Sieht nicht so aus, als würdest du lange bleiben.«

»Mal sehen . . .« Polazzo sah sich um. »Warme Unterhosen und Pullover lass' ich mir nachschicken!«

»Von Yvonne?«

»Von Yvonne!«

»Gute Idee. Im Winter wird es empfindlich kalt. Und jetzt schon jede Nacht. Wir liegen hier fast dreitausend Meter über dem Meer.«

Wie hoch sind dann erst die Berge am Horizont, dachte Polazzo, die diese Ebene abrupt und blauschwarz begrenzen?

Und wie weit waren sie entfernt? Einhundert, dreihundert Kilometer? Die Luft war dünn und trocken und klar. Und zwischen den Bergen und ihnen lag nichts. Kein Wald, keine Gebäude.

Nur auf der anderen Seite des Rollfeldes standen ein Dutzend und mehr Großraumjets. Die hatte er bei der Landung übersehen. »Ich habe den Ort hier unterschätzt.« Polazzo deutete auf die eingemottete Flotte. Die Triebwerke waren in Plastik verpackt, die Cockpitfenster weiß verklebt. »Ein internationales Drehkreuz des Luftverkehrs?«

Aber McLean schüttelte den Kopf. »Endstation! Die

schlafen hier bereits den fünften Winter. Alle fabrikneu, frisch von der Werft. Warten auf bessere Zeiten und auf billigeren Sprit.«

»Ein Pleiteunternehmen, ja?«

»Nein, eigentlich nicht.« McLean hatte Polazzo den Schlag des Wagens geöffnet und ging auf die andere Seite. »Vielleicht eine Fehlspekulation, falsch investiert, wie so vieles. Vielleicht auch: Grenzen des Wachstums. Die allgemeine Krise ... Komm, steig ein!«

Als sie das Rollfeld entlang fuhren, wurde die Fokker-Friendship gerade wieder aufgetankt. Sechs Passagiere warteten vor dem Gebäude. Die Ankömmlinge waren längst alle verschwunden. Polazzo wunderte sich, wohin. Aber dann sah er den gelben Bus, der, eine Staubfahne hinter sich herschleppend, die Prärie durchquerte.

Sie folgten ihm, schluckten den Staub und schwiegen.

»Yvonne gibt's also noch ...«, begann McLean das Gespräch, als sie den Asphalt des Highways erreicht hatten.

»Ja, die gibt's noch!« Polazzo lächelte. Es wirkte wie eine Entschuldigung.

»Gott, bist du treu!« McLean sah ihn an. »Kommt sie nach?« wollte er wissen.

»Vielleicht ...« Polazzo sah nach draußen. Eine kleine Windhose saugte Sand nach oben, rotierte ein paarmal um sich selbst und zerfiel. »Lust hatte sie keine«, fuhr er fort. Und nach einer Pause: »Mal sehen ...!«

»Mal sehen ... mal sehen ...!« äffte McLean ihn nach. »Dein Brief wirkte entschlossener. Ich kurble hier alles für dich an ...«

»Ja«, sagte Polazzo, »das finde ich phantastisch. Danke dir für alles!«

McLean winkte ab. »Okay! Laß dir Zeit.« Und nach einer Weile zitierte er ihn: »Mal sehen!« Er lachte und sah ihn von der Seite her an.

Sie erreichten einen Ort am Fuß der Berge. Tankstelle, Supermarkt, Drugstore, Drive-In-Restaurant. Dann wieder Tankstelle, Motel, Supermarkt. Nach fünfhundert Metern war die Siedlung zu Ende und außer einigen niedrigen Holzhäusern mit freistehenden Fernsehantennen auf Gittermasten, außer Stromleitung und dem breiten, hellen Betonband des Highways nichts mehr zu sehen, nur noch Prärie und Berge.

»Ist es noch weit?« Polazzo hatte auf seine Uhr gesehen. Sie fuhren bereits eine halbe Stunde.

»Weit? Nein!« McLean schob wieder seinen Hut in den Nacken. »Obwohl: ›Weit‹ ist hier relativ. Am Wochenende, oder nur mal zum Essen, nach Mexico — nach Old Mexico! — über die Grenze, zwei, drei Stunden, das empfindet hier keiner als weit. Weit, das ist New York, die Ostküste, Washington DC, das Weiße Haus — das alles ist weit. Und Europa: sehr, sehr weit sogar!«

Sie erreichten die Berge.

Der sechsspurige Highway schrumpfte von blinkenden, blitzenden Warnlampen begleitet auf vier, dann auf zwei Spuren zusammen. Die wanden sich durch ein Tal, schließlich über einen Paß.

»Wie ging's dir in letzter Zeit, Enrico?« McLean warf einen kurzen Blick auf seinen Begleiter.

Der schreckte auf aus einem kurzen erschöpften Schlaf. In Europa war es lange nach Mitternacht. Er spürte diese verdammte Zeitdifferenz und jeden einzelnen Wirbel seines Rückgrats von dieser elenden Sitzerei seit fast vierundzwanzig Stunden.

»Ich wollte nur wissen«, begann McLean von neuem, »bist du weg vom Palais mit Knatsch?«

Polazzo nickte und sah McLean nicht an. »Ja, so ungefähr.«

»Okay, schlaf weiter. Du versäumst nichts. Erzähl's mir

bei Gelegenheit . . .« Aber dann, nach einer Weile, als er sah, daß der andere wach und mit offenen Augen neben ihm saß, fragte er weiter: »Wer ist noch dort im Palais? Von der alten Garde?«

»De Groot . . .«

»Ach ja, Jeroen de Groot. Der holländische Biochemiker mit den gebleichten Haaren.«

Polazzo lachte. »Nein, nein, die Haare sind echt.«

»Und Büdel, der Schweizer? Ist der noch dort?«

»Sicher. Der läßt seinen Computer nicht im Stich.« Polazzo erschien das alles mit einem Mal so unendlich weit entfernt, zeitlich und auch räumlich.

»Und Palm spielt immer noch den lieben Gott, ja«, McLean grinste und blickte zu Polazzo. »Du bist vermutlich weg wegen ihm? Ja?«

Polazzo ließ sich Zeit mit der Antwort. Aber er hatte angefangen zu taktieren, er mußte das Spiel weiterspielen: »Ja. Auch. Unter anderem auch wegen Palm. Aber letzten Endes . . . Ich hatte kein Ziel mehr, verstehst du?«

»Kein Ziel? Du schriebst von einem neuen Werkstoff. Eine Synthese auf der Basis von Fluorsilikaten . . .«

»Ja, Ersatz für Stahl!« Er konnte seinen Stolz nicht einfach unterdrücken.

Und McLean schien sogar beeindruckt. Er pfiff durch die Zähne. »Oh lala — sonst nichts?«

»Ihr arbeitet doch auch daran. Seid sogar ziemlich weit, wie man hört.« Er klopfte auf den Busch, und McLean schien darauf einzusteigen.

»Wer sagt das? Wo hört man was?«

Polazzo versuchte den Fall nicht weiter hochzuspielen. Vielleicht war dieser ganze Forschungszweig der IMT wirklich noch streng geheim, und Manzini hatte nicht gelogen. Er machte also nur eine vage Handbewegung. »Unter Kollegen sprechen sich bestimmte Erfolge doch herum. Oder etwa nicht?«

Aber McLean stellte sich weiter unwissend und naiv. »Du scheinst mehr zu wissen als ich. Du mußt das doch verstehen: In so einem Job, immer an der gleichen Sache, da erfährt man nichts, sieht nichts, hat keinerlei Überblick. Man wird zum Fachidioten.« Er schob wieder einmal den breitkrempigen Texashut in den Nacken und lehnte sich zurück. »Was der Kollege tut, im Nebenlabor«, fuhr er fort, »das erfährt man oft erst aus der Zeitung, wenn der andere plötzlich den Nobelpreis erhält. . .« Er lachte. Sein ledergegerbtes Montanagesicht verzog sich in tausend Fältchen.

Wie ein Chemiker sieht er nicht gerade aus, dachte Polazzo. Das hatte er sogar noch in Erinnerung aus McLeans Zeit im Blauen Palais. Aber er fand ihn jetzt wesentlich offener und sympathischer als damals.

Jeder von uns, sagte sich Polazzo, hat dazugelernt, hat seine Erfahrungen gemacht und sich verändert. McLeans Haare waren grau geworden, sein Schnurrbart sogar weiß, und die tabakgelben Zähne von damals waren hinter schneeweißen Jackettkronen gelandet.

Das Rauchen schien er aufgegeben zu haben, wie viele seiner Kollegen, wenn sie ins vernünftige Alter kamen und die schlimmsten Frustrationen hinter sich hatten.

Vielleicht trank er jetzt. Die vielen kleinen roten Äderchen in seinem Gesicht sprachen dafür. Aber vielleicht war auch nur die Sonne daran schuld, die ständig unbarmherzig auf diesen hochgelegenen Teil des Kontinents herunterbrannte. Jetzt hatte sie sich bereits tief zum Horizont geneigt, und sie fuhren direkt auf diesen glühenden roten Feuerball zu.

Yuccas auf ihren hohen Stengeln standen als bizarre Silhouetten gegen den orangefarbenen Abendhimmel mit duftigen Federwolken. Reklameschilder säumten plötzlich den Rand der Straße, die wieder auf vier Spuren angeschwollen war. Dann kamen die ersten Gebäude in Sicht, Coffeeshops und Souvenirläden, Rockshops, Steinläden mit bunten Riesenkristallen und Versteinerungen auf breiten Tischchen auf dem Parkplatz neben der Tür.

Dann kamen die Händler mit ihren Mobile Homes, ihren Wohnwagen in Einfamilienhausgröße, Gebrauchtwagenhändler und Schrottplätze. Schließlich das Ortsschild: »Alamogordo«.

»Alamogordo?« Polazzo sah sich um, bis das Schild hinter anderen Reklametafeln verschwunden war. »Alamogordo?« wiederholte er.

»Schon mal gehört, was?« fragte McLean.

Aber da fiel es ihm ein: »Die erste Atombombe!«

»Ja«, bestätigte McLean. »Der erste nukleare Sprengsatz. Die Testexplosion. Bevor die Bombe auf Hiroshima den zweiten Weltkrieg beendete.«

Polazzo nickte gedankenvoll. »Über zweihunderttausend Tote.« Er betrachtete die Stadt, durch die sie fuhren und die sich in nichts von den anderen Städten im Südwesten unterschied. Die niedrigen Gebäude, die bunte Mischung aus Tankstellen, Motels, Supermärkten. Nur vor der Handelskammer, dem »Chamber of Commerce«, standen die Atrappen der Raketen und Flugkörper, Bomben und Projektile weißlackiert wie eine Allee.

»Die wurden alle hier getestet«, erklärte McLean. »Im White Sands Missile Range, dem größten Raketentestgelände der westlichen Welt. Hier hat Wernher von Braun nach dem Krieg mit seiner A4-Rakete, die bei euch V2 hieß, den Grundstock zum Raumfahrtprogramm gelegt. Hier saßen sie alle, die Herren aus Peenemünde, Wissenschaftler und Techniker, als Kriegsbeute der Alliierten und bauten ihre Raketen. Und einige, längst im Ruhestand, leben heute immer noch hier.«

9

Schnurgerade durchzog die Straße das Tularosa-Becken, die Wüste, die mit Stacheldraht eingezäunt war über achtzig Meilen.

Warn- und Verbotsschilder steckten im Sand. Dazwischen bewachte Einfahrten. Die Zufahrten zu irgendwelchen Installationen von Armee und Air Force schienen sich zwischen Dornengestrüpp und Dünen zu verlieren. Nur hin und wieder ragten Sendemasten, Radarantennen und Abschußrampen über Buschwerk und Hügel in den Abendhimmel.

»Links drüben, an den Bergen, den Organ Mountains, liegt der alte Komplex von 1945.« McLean zeigte in die Richtung. Gigantische Wassertürme glänzten metallisch im Licht der gerade untergehenden Sonne.

»Damals lebten dort mehr Nobelpreisträger als irgendwo sonst auf der Welt. Hier unten und oben in Los Alamos, wo das ›Manhattan Project‹ der ersten Atombomben vorbereitet und entwickelt wurde.«

McLean verminderte seine Geschwindigkeit. Schnell war er ohnehin die ganze Zeit über nicht gefahren. 55 Meilen, 88 Stundenkilometer sind auf breiten Straßen nicht gerade ein Rallye-Tempo. Aber es reicht allemal, sicher sein Ziel zu erreichen.

»Jetzt ist in dieser Ecke dort drüben nicht mehr viel los.« McLean bog in eine abzweigende Straße ein, die mitten in die Wüste führte. »Die Kasernen stehen leer, die Hallen, die Labors. Wir haben uns dort eingemietet. Und die Army schützt uns gratis vor ungebetenen Besuchern.«

Die Straße wurde schmaler, immer noch seitlich begrenzt von Stacheldraht und Gittermasten, die grelle Quecksilberdampflampen trugen und blau in die Dämmerung strahlten.

»An was arbeitet ihr?« Polazzos Frage kam reichlich spät. Aber der Augenblick erschien ihm nach der Geheimnistuerei McLeans als der günstigste.

»Grundlagenforschung. Schrieb ich dir doch.«

Wieder weicht er mir aus, dachte Polazzo. Aber dann wurde er direkter: »An was arbeitet ihr wirklich?« Und als er keine Antwort erhielt, hakte er nach: »Alcali Flat Chemicals Incorporated . . .? Was stellen die her? Was machen die noch außer dieser ›Grundlagenforschung‹?«

Aber McLean war nicht aus seiner Reserve zu locken. »Alcali Flat«, erklärte er bereitwillig, »das ist die riesige Salzpfanne in der Mitte des Sperrgebiets. Ein ausgetrockneter See. Kalium, Natron, Bittersalz, Magnesium. Welcher Witzbold unserer Firma diesen Namen verpaßte . . .«

Da unterbrach ihn Polazzo: »Woran arbeitet ihr?« Er hatte keine Lust mehr, sich mit launigen Erklärungen zur Geographie dieser Gegend abspeisen zu lassen. In seiner Frage, auch in den nun folgenden, lag eine aggressive Schärfe, die er bis zu diesem Augenblick mühsam vermieden hatte.

»McLean!« Polazzo holte Luft. »In einigen Minuten werden wir vermutlich dort sein, und irgendwann werde ich es auch erfahren. Warum nicht schon jetzt? Ich will mich frei entscheiden können!«

McLean lachte nur verhalten. »Komiker! Du hast dich doch längst entschieden!«

»An was arbeitet ihr wirklich?« Polazzo hatte nicht die Absicht aufzugeben. »Ja, du hast mir geschrieben, hast mir verschiedenes — wenn auch sehr oberflächlich — angedeutet. Aber jetzt sieht das alles verdammt anders aus. Ich sehe Stacheldraht und Hochspannungsdrähte, Flutlicht und Wachtürme, Militärpolizei mit Hunden und dort vorne einen Schlagbaum. An was arbeitet ihr wirklich und für wen?«

McLean trat auf die Bremse. Bis zum Schlagbaum waren es tatsächlich nur noch etliche hundert Meter. »Glaub mir«, versuchte er Polazzo zu beruhigen, »wir stellen weder Kernwaffen her noch chemische Kampfstoffe. Alles ganz ungefährlich, wirklich. Grundlagenforschung, wie ich schon sagte . . .«

»Ja, gut, aber auf welchen Gebieten?«

»Auf fast allen Gebieten, zumindest auf zahlreichen. Die Anlage ist sehr groß. Wir sind allein in meinem Bereich über zweitausend Leute. Das heißt, ich arbeite in einer Gruppe . . .«

Wieder unterbrach ihn Polazzo: »Bitte, bleib eine Sekunde stehen!«

McLean war zu überrascht, um zu widersprechen. Er hielt wirklich an.

»Ich habe gedacht«, fuhr Polazzo fort, »ihr arbeitet an synthetischen Werkstoffen!«

»Aber ja, sicher. Auch das, natürlich, warum auch nicht?« McLean schien seinen Humor wiedergefunden zu haben und setzte ihn nun gegen Polazzos Verbiesterung ein. »Du hast keine Geduld, oh boy! Die haben dich wohl geschafft in deinem Blauen Schloß?« Aber dann wurde er ungemein sachlich: »Ich arbeite an Salzen zur Härtung von Werkstoffen auf Kohlenstoffbais. Zufrieden, ja?«

Polazzo zögerte eine Sekunde. Dann nickte er. »Aha . . . ja, zufrieden.« Er lehnte sich zurück gegen die Tür, ohne McLean aus den Augen zu lassen.

Der schien nun ebenfalls zufrieden und kramte in der Brusttasche seines kurzärmeligen Hemdes nach einem Ausweis, einer grünen Identitätskarte, die sein Bild und seine Unterschrift trug. Die klippte er an der Tasche fest. »Du bekommst auch irgendwann so ein Ding verpaßt«, erklärte er. »Allerdings in Weiß — für den Außenbezirk.«

Er fuhr wieder los. Der Schlagbaum war noch etwa dreihundert Meter entfernt.

»Im Außenbezirk liegen die Büros der Verwaltung und einige Labors. Mein Ausweis ist grün. Für innen. Forschung und Entwicklung. Und dann gibt es noch Rot für die Privilegierten. Den haben aus meiner Gruppe nur zwei. Mit Rot kannst du quer durchs Gelände, in alle Sperrbezirke, in alle Gebäude . . .«

»Wozu?« fragte Polazzo.

»Ja, wozu? Frag' ich mich auch. Keine Gegend für Sightseeing. Auf dem Mond ist es hübscher. Aber mit Rot entgeht man dem ewigen Filzen am Tor bei jedem Rein und Raus — na ja, und der Leibesvisitation, wenn die mal Stichproben machen. Und die machen täglich welche . . .«

10

»CQ« stand auf den Armbinden der Uniformierten. CQ — das klang wie »security« — Sicherheit. Sie kontrollierten die Ausweise, durchwühlten den Wagen, Polazzos Gepäck. Sein italienischer Paß wanderte von Hand zu Hand, die Hierarchie gewissermaßen nach oben.

Schließlich erschien ein höflicher, grauhaariger Offizier und bat ihn in die niedere Baracke.

Die Ampel an der Einfahrt zeigte noch auf Rot, und McLeans Wagen stand immer noch vor dem Schlagbaum, als der eisige Hauch einer energiefressenden Klimaanlage Polazzo entgegenwehte. Er fröstelte. Eben hatte er begonnen, sich an das trockenheiße Klima zu gewöhnen, das ein Abendwind von den Bergen angenehm und erträglich machte. Da schob man ihn in diese Kühlhausatmosphäre. Er wurde herumgereicht.

Irgendwo lagen bereits Papiere und Anmeldungen für ihn bereit. Man erwartete ihn also.

Er unterschrieb einige Formulare, ohne sie zu lesen. Er unterzeichnete Haus- und Geländeordnung, verpflichtete sich zu Disziplin und Verschwiegenheit, vielleicht auch zu Keuschheit, frommer Denkungsart und vegetarischer Lebensweise. Ihm war plötzlich alles gleichgültig, was mit ihm geschah. Er stumpfte ab, war todmüde. In Europa ging es bereits auf den frühen Morgen zu. Und seine innere Uhr begann zu streiken. Wer vom Blauen Palais kam, war zwar Nachtarbeit gewohnt, aber zwischen intensiver geistiger Tätigkeit und Reisestreß samt Klimaschock war ein Unterschied.

Er schloß die Augen, als man ihn auf einen Stuhl vor eine rote Fahne setzte, und lehnte sich erschöpft zurück.

Einer der Wachtposten rief ihn an. Als er erschrocken die Augen aufriß, blitzte es, und es dauerte lange Minuten, bis die schwarzen Ringe aus seinen geblendeten Augen verschwanden.

Der Schreck des Erwachens sollte ihn noch lange begleiten — in Form eines Ausweises, der auf rotem Grund sein Foto zeigte.

Er bekam diese ID-Karte mit Händedruck und Gratulation im Rahmen einer kleinen Zeremonie überreicht. Alle schienen glücklich und verlangten von ihm offenbar das gleiche Gefühl. Sicher, es war wohl in der Tat erstaunlich, denn der Ausweis war rot.

Als Polazzo das gebührend gewürdigt hatte, wurde er aus dem langgestreckten Postenhaus, das er von Abteilung zu Abteilung durchwandert hatte, entlassen.

Ein Fahrer brachte ihn zu einem der alten Kasernengebäude und wies ihn ein. Ein Raum im ersten Stock, früher offensichtlich mit vier oder sechs Betten belegt, war nun individuell für einen einzigen Wissenschaftler ausgestattet worden, der sich in dieser Klausur inmitten dieser Armeestandardmöblierung wohl zu fühlen hatte.

McLean war fürs erste verschwunden, und Polazzo fiel auf das Bett und verfluchte seinen Entschluß, seine Ideen und Pläne, diesen verdammten Manzini samt seinem Kuratorium und vor allem M-1209.

Dann schlief er tief und traumlos, wie er dachte. Denn daß er an Walzstraßen stand, die unendliche Mengen an rotleuchtendem, synthetischem Stahl produzierten, das war doch wohl Realität und kein Traum. Nur — warum rot und nicht blau oder grau? Hatte er denn keinerlei Einfluß auf das Produkt, das nun riesige Hallen überschwemmte, Wüsten und Steppen bedeckte? Mit geradezu kindlicher Freude sah er das Chaos anwachsen und die Welt verschlingen. Und nur die glänzenden Wassertürme vor den gezackten Bergen schienen zu überleben. Und er. Er hätte sich die Mappe mit den Anweisungen durchsehen und seine Uhr auf Ortszeit stellen sollen. Wie sollte er wach werden, wenn die Zeiger immer noch auf mitteleuropäischer Zeit standen — und stehengeblieben waren.

Als es zu dämmern begann, stand er auf, ohne Zeitgefühl, ohne jede Orientierung. Der Wasserturm war tatsächlich da, leuchtete wie rosiges Silber im Zwielicht.

In einigen Fenstern der Kasernen brannte Licht. Die kranken, mickrigen Platanen, die die Straße säumten, verloren ihr Laub. Und mit sanftem Geknatter kam einer mit einer Kehrmaschine angefahren und verschluckte die Blätter, die zufällig auf der Straße lagen. Mit den übrigen spielte ein steifer Wind, wirbelte sie gegen die schmucklosen, tristen Gebäude, über Parkplätze und auf die gerade gekehrten Betonpisten zurück.

Ein Mädchen in Uniform mit einer schicken Umhängetasche überquerte den Rasen und verschwand im Eingang eines niederen Gebäudes auf der anderen Seite des Komplexes. Das gab ihm Hoffnung und Aufmunterung zugleich.

Er wühlte in seinem Koffer, ohne Licht zu machen, Socken, Wäsche, ein T-Shirt. Dann zog er los.

Das niedere Gebäude entpuppte sich als Cafeteria. Sie war bereits geöffnet. Aber außer uniformiertem Wachpersonal war um diese Zeit niemand anzutreffen. Die einzigen weiblichen Wesen waren zwei alte Mexikanerinnen in der Küche. Sie stapelten das dicke, angeschlagene Armeeporzellan zu schwindelerregenden Pyramiden.

Der Kaffee war dünn und amerikanisch. Selbst zehn Tassen warfen einen Teenager noch lange nicht um. Dann würgte er mit Heißhunger dicke Pfannkuchen mit Sirup und anschließend Eier mit Speck in sich hinein. Seine Uhr zeigte zwei. Zwei Uhr mittags im Blauen Palais. Sein Appetit war also begründet.

Er nahm sich vor, die Ortszeit einzuprogrammieren. Schließlich lebte er jetzt hier, und für die nächsten sechs, acht Wochen gab es kein Entrinnen. Aber diese verdammten modernen Digitaluhren mit ihrer Flüssigkristallanzeige waren nicht so einfach umzustellen. Er hatte vergessen, wie das funktionierte, und die Gebrauchsanweisung lag bei Yvonne im Schrank.

Zwei Uhr zehn. Er betrachtete lange und nicht ohne sentimentale Gefühle die Uhr und schob die Umstellung weiter vor sich her. Irgendwann vielleicht. Er konnte ja rechnen. Zeitdifferenz war acht Stunden. Oder neun? Sommerzeit bis Ende Oktober. Er lachte, starrte immer noch auf die Zahlen, als ob sie eine Fluchtmöglichkeit wären, eine Chance, hier auszubrechen.

Als er aufblickte, setzte sich die Uniformierte an seinen Tisch und lächelte ihn an. Sie war semmelblond und trotz ihres Lächelns von der Interessantheit eines Diabetikerweißbrots.

Er lächelte pflichtschuldigst zurück.

Aber sie hatte bestimmt keinerlei Affäre mit ihm vor. Sie bat ihn um Feuer, wie man einen Kollegen eben mal um einen Kugelschreiber bittet. Aber dann, als er verneinte, als er einfach und ohne jede weitere Entschuldigung den Kopf schüttelte, fragte sie ihn, ob er der Chemiker Enrico Polazzo sei.

Er war sich nicht schlüssig, nun erschrocken oder geschmeichelt zu sein. Aber bevor er sich endgültig entschied, hatte sie bereits ihre Umhängetasche geöffnet und ihm ein Kuvert übergeben.

Mit dem Hinweis, künftig den Ausweis, die ID-Karte sichtbar zu tragen, verließ sie den Tisch und spendete ihm zum Abschied wieder ihr Army-Routine-Lächeln.

Der Brief auf dem Firmenpapier der »AFC — Alcali Flat Chemical« war zwar persönlich an ihn adressiert und geschrieben, klang aber eher wie ein Computer-Ausdruck mit gewissen Anweisungen: klar, unmißverständlich und unpersönlich. Dieser Tag, so hieß es, stehe ihm zur freien Verfügung, diene der Anpassung an Zeit und Klima und der Orientierung im Areal der AFC. Lediglich den Termin um 11.30 bitte man ihn wahrzunehmen: ein Willkommensgespräch mit Mr. David S. Bamberger, Chief Deputy. Die Lage seines Office war exakt beschrieben. Eine Skizze lag zusätzlich bei.

Polazzo war nie beim Militär gewesen, weder in Italien noch sonst irgendwo auf der Welt.

Er hatte auf dem Kennedy Airport ein riesiges Plakat bestaunt, das unter den Porträts von adretten Damen und Herren in Uniform und in jüngeren Jahren lapidar aufforderte: JOIN THE ARMY — wähle die Armee, trete ihr bei. Ein dufter Job schien zu winken. Die Armee sorgt für dich und nimmt dir alle Probleme ab, das Fühlen, das Denken. Eine große Übermutter nimmt dich in ihre Arme. Du mußt nur dieses lästige, störende Strampeln bleiben lassen, diese Eigeninitiative, dann wirst du schon irgendwann glücklich werden.

Join the Army. Polazzo hatte gewählt. Ein Camp in der Wüste. Ringsherum ein Drahtzaun. Freie Verpflegung. Freies Logis. Kaserniert. Gut aufgehoben. Roter Ausweis. Freier Zugang zu allen Labors. Er wird viel lernen, viel profitieren.

Er trank seinen Kaffee aus. Es war der vierte. Zwei Uhr dreißig. Halt — nein: Es war sechs Uhr dreißig früh, Ortszeit, und die Sirenen heulten los. Wecken, waschen, antreten, marschmarsch.

Ich bin Chemiker, dachte Polazzo, und nicht Sergeant. Ich habe M-1209 entwickelt, was vielleicht eines Tages in die Geschichte der Forschung, in die Annalen unserer Zivilisation eingehen wird. Aber im Augenblick, so schien es ihm, interessierte sich niemand dafür.

11

Die Wohnwagen standen in Reih und Glied.

Kleine Wohnanhänger, Campmobile und Mobile Homes der teuersten Gattung waren einträchtig nebeneinander geparkt und ordentlich aufgereiht.

Sie hatten Stromanschluß, für Wasser und Abwasserbeseitigung war gesorgt.

Die Kieswege zwischen den Wagen und Trailern waren geharkt. Eine vertrocknete Blumenrabatte kündete vom

Schönheitssinn ihres Besitzers. Aber vermutlich war er irgendwann wieder fortgezogen, hatte seinen Trailer an den Haken genommen und den amerikanischen Traum von der unendlichen Freiheit, von der Mobilität in die Tat umgesetzt, war nach Florida abgewandert samt seiner Bleibe, oder nach Kalifornien, nach Montana, zur Ostküste nach Neuengland. Der Kontinent war bunt und groß.

Vielleicht aber auch hatte man ihm schlichtweg gekündigt, und er war nun auf Achse, kreuz und quer durch dieses Land, unterwegs auf der Suche nach einem neuen, adäquaten Job, wie es heißt.

Der vierte Wohnwagen in der sechzehnten Reihe gehörte McLean. Es war ein Jetstreamer, silberglänzend, stromlinienförmig. Die Jetstreamer waren die Nomaden des Raumfahrtzeitalters. Sie schlossen sich gerne in Clubs zusammen, reisten so in geschlossenen Konvois nach Mexiko oder Alaska und blockierten unterwegs wie Lemminge von einem anderen Stern Highways und Ortsdurchfahrten, parkten nachts dicht an dicht in Wagenburgen, Reminiszenz an die Eroberung des Westens, an Planwagenromantik, an Überfälle, Landnahme und Indianermord — nur eben alles viel komfortabler: Klimaanlage, Kühlschrank mit Ice Box, den Bourbon griffbereit und hin und wieder auch mal ein Hemingway-Taschenbuch im Mahagoniregal.

Polazzo klopfte gegen das spiegelnde Metall, und McLean öffnete den Rahmen mit dem Fliegengitter.

»Hallo, Enrico!« Er kaute noch, war gerade beim Frühstück. Es war kurz nach acht.

»Hier wohnst du also!«

»Ja, komm rein!« Er hielt ihm die Fliegengittertür, die innere Metalltür auf — dann erst stutzte er. »Moment mal, wart mal — was ist das?« Er starrte auf die rote Identitätskarte, die Polazzo einer Anweisung zufolge nun sichtbar an seiner Jacke trug.

»Das ist doch ein Irrtum«, staunte McLean. »Das ist doch nicht wahr?! Du hast die rote Karte?«

Polazzo nickte, kletterte an McLean vorbei in den Wagen. »Ja, war selbst überrascht.«

»Hat die rote Karte. Ein Neuer!« McLean konnte es immer noch nicht fassen und folgte kopfschüttelnd Polazzo in das Innere seines Heims.

Der Salon war eine einzige gute Stube. Zwischen Eßplatz und Sitzecke war eine Glasplatte eingelassen mit geätztem Schwarzwaldmotiv: Tannen und Rehe. Es war der bürgerliche Traum vom mobilen schöner Wohnen. Souvenirs standen herum, Fachliteratur stapelte sich in einer Ecke, Postkarten klebten an Metallwänden, kleine Flaggen und die geklebten, bunten Erinnerungen an Washington D. C., an Seattle und San Francisco.

Die Bar ertrank unter Zeitungsstapeln, und dahinter wurde eine junge und typische Amerikanerin sichtbar.

»Das hier ist Nancy, meine Frau!« Besitzerstolz leuchtete in den Augen von McLean.

Aber der Besitzerstolz in ihren Augen war nicht geringer. »Hi!« sagte sie nur und reichte über diese vollgepackte Bartheke hinweg dem Besucher die Hand. »Nice to meet you.«

»Du hast Familie hier?« Polazzo war überrascht. »Ich wußte das nicht. Und du hast auch nie darüber geschrieben.«

»Vielleicht gab es Wesentlicheres«, lachte McLean mit einem Seitenblick auf seine junge Frau.

Aber die verstand nicht Deutsch und lachte unbefangen zurück.

»Wo kommen Sie her?« fragte sie auf englisch, und Polazzo gab Auskunft. »Von einem privaten Forschungsinstitut, aus Deutschland.«

Aber McLean fiel ihm ins Wort. »Das meint Nancy nicht.« Und seiner Frau erklärte er: »Enrico ist Italiener. Er kommt, glaube ich, aus Rom!«

Bevor Polazzo widersprechen konnte, brach sie bereits in Entzücken aus. »How wonderful ... wie herrlich, Rom, die Ewige Stadt. Bitte, erzählen Sie mir alles über Rom!«

Da Polazzo weder Lust hatte, alles über Rom noch alles über seine Geburtsstadt Venedig zu erzählen, wechselten sie schließlich das Thema.

»Ihr seid allen Ernstes verheiratet?« fragte er, als Nancy sich mit dem Frühstücksgeschirr in ihre Pantry zurückgezogen hatte.

»Natürlich, was denkst du?« McLean wirkte beinahe entrüstet. »Du glaubst, du kriegst hier einen Job, wenn du mit einer Geliebten antanzt?«

Die beiden grinsten noch, als Nancy sich wieder zu ihnen setzte und sie erneut das Thema wechseln mußten.

»Das ist hier überhaupt ein Problem«, begann McLean nach einer Pause. »Das mit dem Job, meine ich.« Er malte gedankenverloren irgendwelche Hieroglyphen auf den Rand einer Zeitung. »Über vierzigtausend Akademiker, Naturwissenschaftler, Hochschulabsolventen, sitzen hier im Süden der USA ziemlich nutzlos herum und warten darauf, daß sie irgendwann eine angemessene Arbeit bekommen. Inzwischen spielen sie Taxifahrer und Parkwächter und so weiter.« Er sah auf seine Uhr und stand auf. »Ja, ich muß jetzt los.« Er packte einige Papiere zusammen, Notizen, Berechnungen, die er auf dem schmalen Bett liegen hatte, das zur Decke hochgeklappt war. »Und aus diesem Grund«, fuhr er fort, »wohne ich hier auf Rädern. Wenn die hier zumachen oder mich feuern ... up, up and away — in den Norden, zur Ostküste ...«

Er band sich eine dunkle Krawatte um den Kragen seines weißen Halbarmhemdes, das zusammen mit einer dunklen Hose gewissermaßen zur Standardausrüstung der Wissenschaftler in diesem Camp gehörte. Der Cowboy von gestern nachmittag hatte sich in einen angepaßten Egghead verwandelt.

»In drei Jahren bin ich sowieso dran, ich meine, wenn die hier feuern. Egal, wie gut du bist. Alle drei Jahre strukturieren die um, alle Abteilungen, alle Gruppen. Und wer in der Zwischenzeit vierzig wurde, der fliegt raus.« Nach einer kleinen Pause und mit einem langen Blick durch die schmalen Fenster hinüber zu den gezackten Bergen, die im Morgenlicht leuchteten, setzte er leise und resignierend hinzu: »Nächstes Jahr werde ich vierzig. Wußtest du das?«

Polazzo wußte es nicht. Er hatte sogar wesentlich mehr geschätzt.

»Schade«, sagte McLean noch, als er die Tür des Wohnwagens schon in der Hand hatte. »Ich hatte hier einen exzellenten Vertrag. Zweitausendachthundert Dollar im Monat. Du siehst, hier in den Staaten spricht man ohne jede Scheu über sein Gehalt — mit jedem.«

Polazzo hatte sich ebenfalls aus der schmalen Sitzecke hervorgequält und war im Begriff, sich von Nancy zu verabschieden.

»Ich habe sogar zwei Wochen bezahlten Urlaub im Jahr«, informierte McLean weiter seinen Gast. »Zwei Wochen, stell dir das vor. Das gibt es sonst nirgends in der Industrie. Zwei Wochen — nur eben nicht an einem Stück!«

»Worüber redet ihr nur?« wollte Nancy wissen, die inzwischen beunruhigt war von dieser unverständlichen deutschen Konversation. »What are you talking about . . .?«

»The future!« antwortete McLean. »Über die Zukunft.«

Sie zog die Brauen hoch. Das war kein Thema. Das war ein Tabu.

»Oh dear!« sagte sie nur und wandte sich ab.

»Wie bist du untergebracht?« wollte McLean wissen, als sie zwischen der Wagenburg zum Parkplatz gingen.

»In einer alten Kaserne.« Polazzo klang bei dieser Auskunft nicht gerade glücklich.

»Das Schicksal der Junggesellen«, tröstete ihn McLean. »Ich sehe es mir heute abend mal an. Was haben sie dir angeboten? Gehalt?«

»Erfahre ich nachher, nehme ich an.«

Polazzo stieg zu McLean in den Pickup-Truck.

»Wo kann ich dich hinbringen?«

Sie fuhren über ein weites Brachland. Auf der anderen Seite lagen verstreut die einzelnen Komplexe; Labors, Bürogebäude scharten sich wie zufällig um den Wasserturm.

»Weiß nicht«, Polazzo wirkte unschlüssig. »Ich habe noch Zeit.« Er kramte in seiner Tasche nach dem Zettel mit der Wegskizze.

»Hier. Um elf Uhr dreißig. Ein gewisser Bamberger erwartet mich.«

McLean trat nach einer Schrecksekunde auf die Bremse, dann griff er nach dem Zettel. »Wer? Gib mal her.«

»David S. Bamberger, Chief Deputy . . .«, las Polazzo ab und reichte die Notiz weiter.

»Das ist ja nicht zu fassen.« McLean wirkte mehr als überrascht. »Erst die rote Karte. Jetzt ein Date mit Bamberger . . .«

»Den bekommt nämlich keiner von uns zu sehen . . .«

12

»Mr. Polazzo, nicht wahr?« Die ältere Chefsekretärin mit den blaugetönten Haaren überschüttete ihn mit Freundlichkeit und führte ihn durch eine Anzahl fensterloser Büros, in denen hektisch gearbeitet wurde.

Das kalte Licht der Leuchtstoffröhren verschönte nicht gerade die Mädchen, die an langen Reihen olivgrüner Metallschreibtische saßen, die offenbar die Armee hinterlassen hatte.

Polazzo bemerkte nicht die neugierigen, interessierten Blicke, die ihm folgten. Er hätte sie auch sicherlich falsch gedeutet, hätte sie auf seine Person als Mann und Italiener bezogen. Denn von den Gerüchten, die seinem Erscheinen vorauseilten, konnte er nichts ahnen.

David S. Bamberger saß in seinem Chefbüro, das in Europa bestenfalls als Abstellkammer Verwendung gefunden hätte. Die Betonwände waren mit Ölfarbe schmutziggelb gestrichen und schmucklos außer einigen Terminplänen und Magnetschienen mit angehängten Notizen. Die Luft war schwül und stickig, wie in den übrigen Räumen auch, und Bamberger war nicht nur wegen seiner Leibesfülle in Schweiß geraten.

Er erhob sich schwerfällig von seinem wippenden Metallstuhl, den er erst in eine waagrechte Lage bringen mußte, und reichte Polazzo seine feuchte, fleischige Hand. »Willkommen, Enrico Polazzo. Freue mich, Sie zu sehen. Nehmen Sie Platz.«

Er sprach das alles ohne Punkt und Komma, atemlos und erschöpft. Dann ließ er sich wieder auf seinen ächzenden Armeestuhl fallen.

Polazzo blickte sich um, bevor er sich setzte, aber die ältere Dame mit dem honigsüßen Lächeln, die ihn »Darling« und »Honey« genannt hatte, was nichts weiter zu bedeuten hat, war diskret entwichen.

Bamberger zupfte ein Kleenex aus einer bereitstehenden Packung und tupfte sich über die Stirn.

»Die Air condition ...« entschuldigte er sich. »Es ist unerträglich hier, ich weiß. Aber die Klimaanlage ist wieder ausgefallen. Schon das dritte Mal in dieser Woche.« Er warf das zerknüllte Papiertaschentuch routiniert in einen entfernt stehenden Papierkorb aus grellgrünem Plastik. »Diese alten Bauten«, erklärte er weiter. »Man müßte sie abreißen. Seit Jahren steht unser neuer Laborkomplex auf der Planungsliste. Pasadena, Californien. Aber die wirtschaftliche Situation ...« Er machte eine vage und überaus skeptische Handbewegung.

»Dabei geht es uns hier noch fabelhaft«, fuhr er fort. »Aber sonst: Gestern haben diese Hysteriker, diese Umweltfanatiker ein Werk von uns schließen lassen, bei Tacoma, im Staat Washington. Die Anlagen in Oregon werden vermutlich nie gebaut. Umweltsperrgebiet oder wie man das nennt. Zwanzig Jahre lang haben wir regiert. Jetzt sind die Idioten auf dem Vormarsch. Aber sie werden ganz schnell zur Vernunft kommen, wenn sie merken, daß dieser wirtschaftliche Rückschritt, dieses Nullwachstum, ihnen selbst an den Kragen geht.«

Er quälte sich wieder aus seinem Stuhl und holte aus einer Kühlbox, deren Aggregat den Raum mit zusätzlicher Wärme zu versorgen schien, zwei Coke, knackte die Verschlüsse ab und reichte eine der Flaschen an Polazzo. »Bleiben wir also, wo wir sind: in der Wüste!« Er ließ sich wieder in den Stuhl fallen, der kreischend zurückwippte. »Wenn Sie ein Glas wollen oder Eis ... dort drüben.« Mit einer erschöpften Geste wies er zu einem kleinen Metalltisch, der farblich und vom Material her nicht aus dem Rahmen fiel. Ein goldlackierter Styroporbehälter stand mit Eiswürfeln bereit. Daneben hingen Pappbecher griffbereit in einer Röhre. Polazzo bediente sich, goß das Cola über das Eis, nippte an seinem Becher und lauschte weiter auf Bambergers Monologe.

Der hatte direkt aus der Flasche getrunken und schien langsam wieder zu Kräften zu kommen. Zumindest wurde er versöhnlicher: »Ein klein wenig ›zurück zur Natur‹ ist vielleicht sogar vernünftig. Aber was sich neuerdings in diesem Land abspielt, das ist Hexenjagd. Unnötig zu sagen, wer die bösen Hexen sind und wer die Jäger. Und wirtschaftlich geht uns das irgendwann an die Substanz.« Er warf die Flasche schließlich in eine bereitstehende Kiste, die zur Hälfte gefüllt mit Leergut war.

»Wie war Ihr Flug? Wie geht's in Europa?« wollte er wissen. Aber bevor Polazzo sich äußern konnte, sprach er bereits weiter: »Ich war jahrelang nicht mehr drüben. Und ich will Ihnen etwas sagen: Es beginnt mir langsam auch nicht mehr zu fehlen.«

Die blaugetönte Chefsekretärin kam unvermittelt hereingeschlichen, wühlte auf dem Schreibtisch herum, fand, was sie suchte, und eilte wieder hinaus, nicht ohne Polazzo lächelnd zuzuwinken.

Bamberger hatte sie offenbar nicht wahrgenommen, denn er sprach pausenlos weiter: »Ein alter Freund, hörte ich, hat Sie gestern abgeholt, am Flugplatz, ja? Sehr gut, dann haben Sie hier im Camp wenigstens etwas Kontakt. Das ist wichtig, finde ich.«

Er griff nach einem bereitliegenden Schriftstück, überflog es, indem er durch die Gläser einer Brille sah, ohne sie aufzusetzen. »Sie werden in B-15 arbeiten. Das ist ein Komplex etwa zwei Meilen östlich der Straße Nummer 70/82, die das Gelände durchschneidet.« Er reichte das Schriftstück an Polazzo, der sich darauf nicht sofort zurechtfand.

»B-15«, erklärte Bamberger, »das sind Synthetics in kristalliner Struktur. Wir gehen immer zweigleisig. Kohlenstoff und Silizium jeweils als Basis. Bob Thompson wird Sie einweisen. Der ist immer für Sie da.« Wieder verließ er den ächzenden Stuhl, wankte zu einer schmalen Eisentür und rief hinaus in den Nebenraum. »Bob. Bob Thompson!«

Ein smarter junger Amerikaner trat ein. Wie morgens schon McLean trug auch er zu schwarzer Hose und weißem Halbarmhemd die obligatorische schwarze Krawatte. Er lächelte Polazzo verbindlich durch die Gläser seiner randlosen Brille an und reichte ihm die Hand.

»Das ist Enrico Polazzo«, stellte Bamberger vor, »Bob Thompson.« Thompson murmelte, wie sehr er sich freue, und Polazzo versuchte das Gleiche zu erwidern.

»Wie sind Sie untergebracht, Enrico?« wollte Bamberger plötzlich wissen. Aber auch diesmal wartete er auf keine konkrete Antwort. »Gut? Ja?! Zufrieden? Okay!« Er klopfte Polazzo anerkennend auf die Schulter. Dann ergriff er eine Flasche mit Eau de Cologne, die auf seinem Schreibtisch bereit stand, und verrieb einige Tropfen über Stirn und Nacken. »Sie werden sich gut einarbeiten, Enrico, ich bin sicher. Und das Finanzielle regelt Shriner. Ich lasse Sie nachher rüberbringen zu ihm. Kommen Sie mit.«

Wieder hatte er die schmale Eisentür zum Nebenraum geöffnet, der zur Abwechslung in einem strahlenden, giftigen Grün lackiert war. Offenbar waren Farbpsychologen am Werk gewesen, um diese Bunkeratmosphäre in Motivation und Produktivität umzuwandeln.

Aber was Polazzo viel mehr erstaunte als diese schwer erträglichen Farbkompositionen, das war die Gruppe von etwa zwölf oder vierzehn jungen Männern, alle uniformiert wie gehabt, weißes Hemd, schwarze Krawatte und Hose, die bereitstanden, ihn offenbar erwarteten, denn ein Begrüßungsraunen ging von Mund zu Mund, ein Hi, ein Hallo. Flüchtige Gesten eines Grußes. Sie trugen Schreibbretter mit eingespanntem Papier in den Händen und lächelten Polazzo verheißungsvoll entgegen.

»Das hier sind alles Kollegen«, erläuterte Bamberger. »Fachleute und Spezialisten. Und alle sind vereidigt!« Er lachte über seinen Witz selbst am meisten. Dann ging er voraus, ohne jeden weiteren Kommentar.

Polazzo folgte ihm auf einen Wink von Bob Thompson. Dann setzten sich auch die Kollegen, die Fachleute und Spezialisten hinter ihm in Bewegung, schweigend.

Sie durchquerten einige Räume, die Mädchen blickten auf, diese Art von Prozession war offenbar nicht alltäglich.

Dann ging es etliche verwinkelte Korridore hinunter. Einige Lampen waren offenbar am Ende und flackerten nervös. Akten stapelten sich in den ohnehin zu schmalen Gängen.

Schließlich erreichten sie eine weit offenstehende Pendeltür, die zu einer Art Unterrichts- oder Vortragsraum führte.

Ohne jede zusätzliche Aufforderung verteilten sich die Kollegen auf die Sitzreihen, die wie in einem Hörsaal nach hinten anstiegen. Filmprojektoren standen bereit, Epidiaskope, Tageslichtprojektoren, Videogeräte mit Monitor, Rednerpult, Tafel, Kreide — nichts von alledem fehlte, und Bamberger schob Polazzo auf das Podest, während das Licht im Saal erlosch und nur noch die Brillengläser des Auditoriums das Spotlicht widerspiegelten, in dem Polazzo verwirrt und unschlüssig stand.

»Also, Enrico«, Bamberger machte eine auffordernde Handbewegung. »Geben Sie uns eine detaillierte Zusammenfassung Ihrer Ergebnisse bei der Synthese des Werkstoffs Ihrer Reihe M-1209 . . .«

Polazzo war sprachlos. »M-1209? Was wissen Sie von M-1209, von meiner Arbeit?«

»Zu wenig, Enrico.« Bamberger nahm nun ebenfalls in der ersten Reihe des Auditoriums Platz. »Deshalb sind Sie jetzt hier!«

Sie können nichts wissen, dachte Polazzo. Keiner hier kann je davon erfahren haben. Außer den Kollegen vom Blauen Palais und außer Manzini mit seinen Begleitern hatte niemand je die Chiffre M-1209 gehört, hatte nie jemand Informationen über seine Arbeit erhalten. Aber Bamberger hatte eben die Reihe beim Namen genannt, hatte laut und unmißverständlich M-1209 gesagt, und erraten haben konnte er es nicht.

»Mister Bamberger...« Zeit gewinnen, dachte Polazzo.

Aber Bamberger konterte mit einem selbstzufriedenen Lächeln. »Dave!« korrigierte er Polazzos Anrede. »Nennen Sie mich Dave!«

Polazzo nickte irritiert, versuchte zurückzulächeln und diese so überaus amerikanische Anredeform flüssig, lokker und ohne jede Hemmung dem Vorgesetzten gegenüber von den Lippen kommen zu lassen. »Dave...« Er holte Luft und versuchte irgendeinen Faden aufzunehmen. »Dave, ich muß das erwähnen. Das Patentverfahren läuft. Und ich kann nicht ohne Rücksprache mit meinen...« Kollegen, wollte er sagen.

Aber Dave Bamberger fiel ihm ins Wort: »Doch, doch, Sie können, Enrico, Sie können!« Er fuhr sich mit einem Taschentuch über die verschwitzte Stirn und über die spärlichen schwarzen Haare, die auf seinem Schädel feucht und klebrig die kahlen Stellen verdecken sollten. »Ab morgen früh«, fuhr er fort, »stehen Sie in einem unserer Labors. Und Sie werden sehen, wir haben keinerlei Geheimnisse vor Ihnen. Sie sind hierhergekommen, um sich zu informieren. Das ist vernünftig, Enrico. Nur — jetzt haben wir Sie eingeladen, damit Sie *uns* informieren. So etwas geht immer nur auf Gegenseitigkeit. Bitte, Enrico, fangen Sie an . . .!«

13

Polazzo sprach annähernd drei Stunden. Er hatte das euphorische Gefühl, vor einem sachverständigen Publikum Erfolge ausbreiten zu können.

Nach anfänglichem Zögern, nach mißtrauischem Taktieren witterte er die Chance, aufgrund seiner Ergebnisse in dieser Hierarchie aufsteigen zu können. Und er nutzte sie schamlos, offen und bereitwillig aus. Es gab keine Zwischenfrage, die er nicht bis ins Detail beantwortet hätte, keinen Zweifel, den er nicht mit Fakten zu zerstreuen wußte. Er ließ seine Zuhörer teilhaben an einer spannenden, dramatischen Jagd nach dem Erfolg, von Reihe zu Reihe, von Test zu Test, an Experimenten, Hypothesen, Rückschlägen und schließlich, als vorläufige Endstufe: M-1209.

Die Kollegen schienen beeindruckt — in gewisser Weise, wenn auch cooler und weniger vom Sachverstand geleitet, Dave S. Bamberger, Chief Deputy. Er spendete schließlich Beifall und hob die Veranstaltung auf.

Die Schreibblöcke der Kollegen, der Spezialisten und Fachleute, waren vollgeschrieben, Seite um Seite. Jetzt war das Spiel an ihnen, die Karten offenzulegen.

Sie versuchten es, höflich, bemüht. Aber die Karten schienen keine Trümpfe zu haben. Sie führten ihn durch

Labors, gaben Testergebnisse preis, weihten ihn in Mutmaßungen ein, in Hoffnungen und Spekulationen. Aber die Ergebnisse waren mager.

Ernüchtert zog sich Polazzo gegen Abend in seine Klausur zurück, überdachte den Tag, zog Bilanz, machte sich nachträglich Notizen, schrieb ein Gedächtnisprotokoll und wurde den Verdacht nicht los, daß man die Erfolge vor ihm sorgsam verbarg, daß man versuchte, ihn hinters Licht zu führen. Er hatte es hier offenbar nur mit der zweiten Garnitur zu tun, die Grundlagenforschung betrieb, und dies ohne rechte Fortune, ohne den letzten Erfolg. Auf diesem Stand der Erkenntnis hatte er bereits vor drei Jahren gestanden. Diese Erfahrungen hatte er längst hinter sich. Wo, bitte, saß die erste Garnitur, wo saßen die ebenbürtigen Koryphäen, die mithalten konnten? Er hatte sich und seine Arbeit preisgegeben. Wo war der Gegenwert?

Eine Stunde oder noch länger stand er am Fenster und starrte mit einem schalen Geschmack im Mund hinaus.

Der Wasserturm wurde angestrahlt, die Betonpisten zwischen den Gebäuden waren in Flutlicht getaucht. Er hatte immer noch nicht seine Uhr umgestellt. Zu Hause in Europa, im Blauen Palais, ging es auf vier Uhr früh. Aber er spürte keine Müdigkeit, er fühlte nur eine unendliche Traurigkeit in sich, eine Enttäuschung. Er war voller Mißtrauen. Wo, verdammt noch mal, wurde das Material für die Brücke von Vancouver produziert? Hier im Camp, im Bereich der Alcali Flat, war es nicht. Das hatte er an diesem ersten Tag ohne jeden Zweifel herausbekommen. Hier wurde nur geforscht, nicht produziert.

Aber wenn nicht hier, wo dann?

Er schrieb einen Brief an Yvonne, schrieb sich den ganzen Frust des Tages von der Seele. Dann verfaßte er einen Bericht an Palm. Er war kaum noch fähig zu formulieren, als er schließlich zum Ende kam. Aber nach ein paar Stunden Schlaf, als die Sirene über das Camp zu heulen begann, las er beide Schreiben nochmals durch, dann zerfetzte er sie, warf sie fort in den Papierkorb auf dem Gang neben dem Kopierautomaten.

Sein erster Arbeitstag hatte begonnen. Er sicherte sich seinen Platz im Labor und erstellte Listen mit Materialanforderungen. Gegen elf kamen die ersten Kollegen und holten sich Informationen. Es gab keine Geheimniskrämerei. Gemeinsam machten sie sich an die Polymerisation. M-1209 wurde nachgebaut, Schritt für Schritt.

Es dauerte Wochen, bis sie wieder auf dem Stand waren, den Polazzo vor seiner Abreise, seiner Flucht aus Europa, bereits erreicht hatte. Erst ab da begann das Neuland.

Neue Legierungen, Härten der Oberfläche.

Sie machten »brain-storming«, warfen alle Einfälle ungeordnet, unbewertet in einen Topf und diskutierten nächtelang alle Konsequenzen.

Sie waren loyal. Sie waren ehrlich und offen zueinander. Es war ein Team, eingeschworen, besessen und voller Überzeugung, daß sie das gesteckte Ziel in den Griff bekommen würden. Sie waren auch voller Überzeugungskraft. Man vertraute ihnen. Mittel standen bereit. Es wurde investiert. Neue Hallen wurden errichtet, Schmelzöfen, Walzstraßen. Die Mannschaft wuchs an auf sechzig, auf achtzig Mitarbeiter. Sie arbeiteten schließlich in Schichten, rund um die Uhr, standen mit Gasmasken vor blasigen, breiartigen, kochenden Substanzen. Blausilbrige Platten in glasartiger Struktur stapelten sich in unterschiedlichen Härten und Stärken.

Sie hatten gute Ergebnisse vorzuweisen, und sie hatten Erfolg. Aber das gesteckte Ziel, einen »Allround«Ersatz zu schaffen für Stahl, schien nach wie vor unerreichbar.

Jede neue Erkenntnis warf neue Fragen auf, schuf neue Probleme und ließ die Anzahl der durchzuführenden Versuchsreihen ins Uferlose anwachsen.

Jeder neue Test beflügelte sie, gab ihrem Ehrgeiz neuen Aufschwung, schürte aber auch gleichzeitig ihre Unzufriedenheit.

Denn jeder neue Test führte ihnen gnadenlos, ausgedruckt von einem unbestechlichen Computer, in Zahlen und Diagrammen ihre Grenzen vor Augen.

14

»Was heißt hier, Sie sind am toten Punkt?« Bamberger verließ nach einer abgeschlossenen neuen Testreihe zusammen mit Polazzo und einigen seiner Mitarbeiter eine der riesigen Laborhallen, die früher einem halben Dutzend B-52-Bombern als Hangar gedient hatten.

»Ich finde, es fehlt nur noch ein kleiner Schritt. Kopf hoch, Enrico.« Bamberger klopfte Polazzo jovial und aufmunternd auf die Schulter, ohne sein Tempo zu verlangsamen.

Einige Herren der Geschäftsleitung, die Polazzo nicht näher kannte, versuchten mit ihnen Schritt zu halten.

So stürmten sie über die Betonpiste, auf die eine senkrechte Sonne herunterbrannte, zum nächstliegenden Parkplatz, wo die Flotte der vollklimatisierten Firmenwagen abgestellt war.

»Wir sollten die Zielforderung jetzt endlich beschränken«, fuhr Bamberger atemlos fort und wischte sich den Schweiß von der Stirn. »Nicht mehr irgendein universeller

Stahlersatz mit einem viel zu breitem Spektrum charakteristischer Eigenschaften, denn daran scheitern Sie doch wohl schon seit Jahren, Enrico. Oder etwa nicht?« Er sah ihn verschmitzt von der Seite her an, dann hakte er sich bei ihm unter. »Nein, hören Sie zu: Was wir in Zukunft brauchen werden, das ist ein Material für Bleche, für Profile, und zwar im Flugzeugbau: Zellen, Karosserien, aber auch für Raumgleiter und Satelliten.« Unvermittelt blieb er stehen und sah Polazzo strahlend an: »Das wäre doch ungeheuer, Enrico: synthetisches Titan! Leichtes Gewicht bei höchster mechanischer Festigkeit!«

Die Gruppe hatte sich um die beiden versammelt, aber Bamberger rannte bereits weiter. »Die statische Belastbarkeit, Enrico, die können Sie fürs erste vergessen. Die kommt in zweiter Linie. Haben Sie begriffen? Ja? Okay!«

Polazzo nutzte die Chance, zu Wort zu kommen: »Die Bindungsart ist bei unserem Material eine völlig andere. Anders als bei Titan oder Aluminium. Die Bindungskräfte sind dort frei bewegliche Elektronen, die das Kristallgitter aus Atomen zusammenhalten.«

Bamberger lachte und winkte ab. »Phantastisch, Enrico, aber ich bin kein Chemiker, müssen Sie wissen!«

»Bei uns hier«, versuchte Polazzo weiterzudozieren und wies ein Diagramm aus dem Röntgenspektrographen vor, »bei uns ist es eine homöopolare Bindung. Es sind Makromoleküle in Kristallstruktur.« Er rollte die farbigen Großfotos auseinander. »Eine regellose Anordnung rundlicher Kristallite — hier.« Es waren mikroskopische Aufnahmen von Dünnschliffen. »Stengelförmige Kristallite sind hier eingelagert und nach mehrmaligem Umschmelzen auch Whiskers, faserartige Kristalle, die diese hohe Steifigkeit und Zugfestigkeit bewirken.«

Bamberger war wieder stehengeblieben, sie hatten den Fuhrpark erreicht. Ein farbiger Fahrer riß einen Schlag auf, aber Bamberger stieg nicht ein. Er hatte einen kurzen Blick auf die Bilder geworfen, er kannte sie. Schließlich hatte er seit Tagen Kopien davon auf seinem Schreibtisch, und weitere Kopien lagen in den Auftragsbüros seiner Kunden. Aber davon sagte er nichts. Er nickte Polazzo nur wieder sehr zuversichtlich und sehr gönnerhaft zu. »Mir leuchtet das alles durchaus ein, Enrico. Jedem von uns leuchtet es ein. Und wir wissen es sehr zu schätzen, was Sie da für uns entwickelt haben, Enrico. Wir sind sehr stolz auf Sie! Aber richten Sie Ihr Augenmerk nun verstärkt auf die plastische Verformbarkeit ...«

»Ja, das ist der tote Punkt«, gab Polazzo zu. »Sullivan sagte nach seiner Analyse, die Raumgitter der Kristalle wären zu ideal. Dadurch wird das Material zu spröde.«

Bob Thompson mischte sich ein, der wie ein Schatten seit Wochen und Monaten Polazzo nicht von der Seite wich. »Wir versuchen es bereits mit Legieren, neue und andere Stoffe und andere Mischungsverhältnisse. Es sind etwa zweihundert Reihen parallel im Test.«

»Und vielleicht gelingt es uns«, ergänzte Polazzo, »andere Atome in den Gitterverband der Kristalle einzuschmuggeln.«

»Ja, sehr schön«, sagte Bamberger und stieg ein. »Halten Sie mich auf dem Laufenden.«

Auch die anderen Herren der Geschäftsleitung verschwanden in den bereitstehenden Wagen, tauchten weg hinter getönten Scheiben.

Polazzo trat an den Wagen, bevor Bamberger die Scheibe geschlossen hatte. »Vielleicht sollten wir McLean einbeziehen. Er experimentiert mit Salzen.«

»McLean?« fragte Bamberger und sah sich nach der Gruppe der Mitarbeiter und Kollegen Polazzos um, die im Hintergrund standen.

»Nein«, klärte Polazzo Bamberger auf. »McLean arbeitet nicht in unserer Gruppe. Er hatte neulich eine Idee mit Verbundsystem, Sandwichmethode, verschiedene Schichten . . .« Und da er spürte, daß Bamberger mit dem Namen immer noch nichts anfangen konnte, erklärte er: »McLean ist der Mann, der mich hierher vermittelt hat!«

Aber Bamberger widersprach: »Vermittelt hat Sie die New Yorker Zentrale der IMT. Nicht Ihr Freund. Aber ich weiß jetzt, wen Sie meinen: Dieser Mann hat sie lediglich vom Flugplatz abgeholt.« Er lächelte wieder und ordnete sein spärliches, fettiges Haar. »Nein, nein, Enrico. Sie schaffen das schon. Allein, ich bin sicher . . .« Er winkte ihm zu, während die getönte Scheibe sich mechanisch und geräuschlos nach oben schob und der Wagen sich in Bewegung setzte.

15

Die Arbeit ging weiter.

Der Sommer kam mit seiner Gluthitze. Die riesigen Klimaanlagen schafften in den überhitzten Werkhallen, zwischen kochenden, blasigen, glasigen Werkstoffen, kaum eine erträgliche Atmosphäre. Sie arbeiteten inzwischen mit Gasmasken, steckten Stunde um Stunde in Schutzanzügen. Es wurden bei ihrer Synthese mehr Schadstoffe frei als erwartet, aber das tat der Begeisterung keinen Abbruch. Sie konnten sich schließlich sagen, im Rahmen dessen, was als Ziel vorgegeben war, hätten sie es geschafft.

Die Espen an den fernen Berghängen begannen wieder zu leuchten: Indian Summer. Es war bereits der zweite, den Polazzo hier in der Wüste von White Sands erlebte. Er hatte jeden Kontakt zu der ihn umgebenden Natur verloren. Die Yuccas waren plötzlich verblüht, die Berghänge grau und trist geworden. Aber die Hitze wich nicht aus diesem Kessel, aus dieser riesigen Salzpfanne, in der man in früheren Zeiten nicht einmal Zuchthäusler hätte arbeiten lassen.

Die Briefe aus New Mexico, die ursprünglich regelmäßig das Blaue Plais erreichten, waren seltener geworden, spärlicher auch die Andeutungen über Arbeit und Erfolg.

Über Einzelheiten seiner Forschung hatte Polazzo ohnehin nie berichtet. Das widersprach den strengen Regeln der Firma, und eigentlich glaubte jeder, der hier fern von Heimat und Familie tätig war, an eine geheime Zensur.

Das neue Produktionsgebäude war schließlich errichtet und fertig ausgestattet worden. Die Anlagen waren nicht einfach in einer der leerstehenden Hallen untergebracht. Man hatte vielmehr einen neuen Komplex aus Betonfertigteilen hochgezogen, und in der Rekordzeit von knapp acht Wochen war er einsatzbereit.

Die Anlage war ein Modell künftiger Produktionsstätten und diente der Herstellung kleiner und kleinster Menge unter den Bedingungen einer späteren Massenproduktion.

Silberblaue Bänder flatterten über die Walzstraße, unter Pressen und Formschneidern entstanden Modellstücke für Testkonstruktionen. Schließlich stapelten sich in der Lagerhalle die ersten Einzelteile für Flugzeugrümpfe.

»Hallo, Enrico!« Bamberger war überraschend in der Halle aufgetaucht, wie üblich voller Hektik, schwitzend, aber auch mit Optimismus und Elan. »Kommen Sie her: Neuigkeiten!« Er schwenkte ein Schriftstück. »Der Auftrag der Air Force ist durch! Der Mach-4-Jagdbomber F-2000! Und die bauen ihren Prototypen nicht aus Titan, Lockheed verwendet *unser* Material! Wissen Sie, was das heißt?«

Aber es war nicht einfach, Bambergers Begeisterung kritiklos auf Enrico Polazzo zu übertragen. Der studierte skeptisch die bestätigten Ausschreibungsunterlagen. »Wir sind noch nicht so weit«, gab er zu bedenken. »Noch nicht so weit, daß wir eine flugtaugliche Maschine ...«

»Ach was ...!« unterbrach in Bamberger. »Aber wir sind weit genug, um mitzuhalten. Die planen einen Dauertest über drei Monate auf Zug und Bruch im Simulator. Jetzt ist es Bob Thompsons Problem, genügend Bleche heranzuschaffen!« Er lachte und wandte sich zum Gehen.

»Darauf sind wir nicht eingerichtet!« rief Polazzo ihm nach, über den infernalischen Lärm der Halle hinweg.

»Dann richten wir uns eben darauf ein«, brüllte Bamberger zurück. »Ich sehe Sie noch!« Ein kurzer Gruß, und er war hinter Maschinen und gestapelten Einzelteilen verschwunden.

Jagdbomber?

Polazzo betrachtete lange und nachdenklich die silberblauen Bleche, die aus der Extruderanlage krochen. Jagdbomber. Silberblau. Also daher der Vorschlag, das Material entsprechend dieser Farbe einzupigmentieren. Silberblau. Es war also von Anfang an geplant, sein Material in dieser Richtung zu verwenden.

Jagdbomber.

Auch davon schrieb er nichts in die Heimat, nicht einmal mit Kollegen oder mit McLean sprach er darüber.

Den traf er nun wieder öfter. Die Phase, wo er zehn, zwölf, sechzehn Stunden in Labors und Hallen stand, ging zu Ende. Die Mannschaft schaffte den Rest unter Bob Thompsons Management.

Und Polazzo entfloh dem Streß und der Routine und versuchte wieder frische Luft in seine angeätzten Lungen zu bekommen, versuchte auch gedanklich der Tretmühle dieses langen Jahres zu entfliehen.

Sie machten Ausflüge. Zu dritt: McLean mit Nancy und Polazzo, dicht gedrängt auf der einzigen Sitzbank des Pickup-Trucks. Sie wanderten über die schneeweißen Gipsdünen des White Sand National Monument bei einer goldrot untergehenden Sonne. Sie fuhren nach Carlsbad, in die gewaltigsten Höhlen des Kontinents, hoch zum Grand Canyon, nach Silver City, nach Santa Fé, ins Pueblo der Taos-Indianer. Sie standen am Gedenkstein des Trinity Points neben dem flachen, glasigen Krater, wo im Juli 45 die erste Atombombe auf einem Gittermast gezündet wurde und damit die Welt veränderte.

Sie fuhren Ski in Ruidoso, aßen gigantische Steaks im »Silver Dollar«, einer alten Postkutschenstation aus Western-Tagen. Sie schienen unzertrennlich, diese drei, was bei den Kollegen bereits ein Augenzwinkern hervorrief, wenn sie zusammen irgendwo erschienen, in der Cafeteria, am firmeneigenen Pool, bei einer dieser zahllosen, tristen Partys, die nach irgendeinem ungeschriebenen Ritual in den Behausungen der verheirateten Paare abwechselnd stattfanden.

In Italien, in seiner Heimat, ja, mein Gott, sagte sich Polazzo, da hätte er die Frau des anderen längst verführt, oder er hätte es zumindest versucht, wäre vom Ehemann sogar ermuntert worden. Ein Freund ist schließlich ein Freund. Schlimmstenfalls wäre irgendwann einmal irgend so etwas wie eine Ménage à trois dabei herausgekommen. Schlimmstenfalls, wie gesagt. Aber in diesem Amerika?! Der kühle, spröde Charme von Nancy, die aus Boston stammte, wo man in ihren Kreisen heute noch in irgendwelche Kirchen ging, bremste seine Ambitionen immer wieder ab, fror seine Leidenschaft ein, runter auf minus fünf Kelvin. Aber über diesen einzigen und letzten Grund seiner treuen Keuschheit schrieb er nichts in seinen Briefen an Yvonne.

Schließlich war es so weit! Nein, nicht mit Nancy oder Yvonne oder mit einem dieser selbstbewußten, uniformierten weiblichen Feldwebel der »CQ«, auch nicht mit einer dieser vertrockneten Schreibstubenmaiden mit ihren Lockenwickeln unter dem Chiffontuch, ihren »slim-makers«, den superengen Gummischlüpfern unter den noch engeren Jeans. Vielmehr: Der Test im Simulator hatte begonnen. Der Test ihres synthetischen Titans als Außenhaut einer Zelle. Der Jagdbomber F-2000 hing im Prüfstand und hatte seine Zerreißprobe zu bestehen.

Polazzo war mit seinen Mitarbeitern und Kollegen in einem der knallgelben Werkbusse eine Stunde quer durch die Wüste gefahren, immer parallel zur Hauptstraße, aber eben innerhalb des Sperrgebiets. Am Rande des Holloman Air Force Base stand das Testgebäude mit dem Simulator.

Eingesponnen in ein Netz von Kabeln und auf ein Gewirr von Hydraulikarmen montiert, stand in der Mitte einer riesigen Halle eine kleine, schnittige Kampfmaschine und leuchtete blausilbern im Licht der tausend grellen Lampen.

Monteure in orangefarbenen Overalls verkabelten die letzten Meßfühler der Telemetrie, mit der während der Schwing- und Schütteltests sämtliche Nähte und potentiellen Bruchstellen überprüft wurden.

Dann begann der Flug — es sollte ein Flug durch die Hölle werden. Der Rechner, der das Desaster zu steuern hatte, war entsprechend programmiert worden. Nie und nirgends in der Realität würde ein Flugzeug solchen Belastungen ausgesetzt werden: Taifune, Hurricans, Notlandungen auf Waschbrettpisten.

Die Techniker zogen sich hinter Schutzwände zurück und stülpten sich Lärmschützer über die Ohren.

Polazzo und seine Begleiter beobachteten das Schauspiel durch die Dreifachscheiben aus Sicherheitsglas, die das Lärminferno weitgehendst schluckten.

Eine gewaltige Maschinerie setzte sich in Gang und übertrug auf die Hydraulikarme exakt berechnete Vibrationen, die nun das Flugzeug in Schwingungen versetzten. Die schmalen, gepfeilten Flügel begannen zu flattern, der Rumpf wurde gerüttelt und durchgeschüttelt. Fünf Minuten Test simulierten einen Katastrophenflug von einer Stunde.

Pausenlos spuckte der Schnelldrucker des Rechners die Ergebnisse aus und verglich sie mit den eingegebenen Sollwerten.

Diagramme wurden gezeichnet, die Punkte der größten Belastung erschienen als leuchtende Schemen auf einem Bildschirm. Und alle Bemühungen gipfelten in dem einzigen Ziel, das Flugzeug gezielt und kontrolliert zu zerreißen oder zumindest in seine ursprünglichen Einzelteile zu zerlegen.

Es war der zwölfte Durchlauf, und es zeigte sich außer abgesprungenen Nieten keine einzige ernsthafte Beschädigung.

An keiner Stelle war das Material ermüdet oder gerissen.

16

Sie trafen sich in der Wüste, inmitten der Gipsdünen, die vom National Monument weit in die Test Area reichten.

Eine Schneelandschaft dehnte sich, so weit das Auge reichte, bis hin zu den bizarren, schwarzen Konturen der Sacramento-Berge.

Der dunkle Wagen mit den getönten Scheiben, der zweifellos zur Flotte der Geschäftsleitung gehörte, blinkte ihnen schon von weitem entgegen und stoppte so den Bus mit Polazzo und seinen Begleitern.

Polazzo sprang hinaus in die glühende Hitze und lief auf den Wagen zu. Seine Ahnung hatte nicht getrogen: Im Fond saß Bamberger, öffnete sein Fenster eine Handbreit und blickte Polazzo durch seine dunklen Gläser, die er über seine Hornbrille geklappt hatte, stolz und siegesbewußt entgegen. »Na, Enrico, was sagen Sie nun?«

Der schwenkte das mitgebrachte Protokoll des Computers. »Die ersten zehntausend Flugstunden sind durch. Hier: der Durchlauf Nummer 12 von heute. Phantastische Ergebnisse . . .«

»Ich weiß!« Bamberger winkte mit einem Telex. »Habe schon alles erhalten. Mit Kommentar und Gratulation. Die Außenhaut schluckt alle Belastungen. Die haben dem Vogel nichts erspart. Ich würde sagen, Enrico, wir sind durch!«

Polazzo lachte, sah sich um zu den Kollegen im Bus, winkte ihnen die gute Nachricht zu. »Und jetzt. Wie geht es weiter?« fragte er Bamberger.

»Die nächste Phase! Die Massenproduktion wird angekurbelt. Ganz einfach. Die Produktionsanlagen existieren bereits auf dem Reißbrett!«

»Oh, Dave . . .« Polazzo hob abwehrend die Hand.

»Ganz einfach ist das keineswegs. Das wirft verschiedene Probleme auf, die wir bisher nie zu Ende gedacht haben.« Er spürte plötzlich die Sonne, die genau über ihm stand und stechend herunterbrannte. »Das frei werdende Fluor muß gebunden werden«, fuhr er fort. »Unsere Giftküche funktioniert bisher nur im kleinen — und hier in der Wüste. Bevor eine Massenproduktion ins Auge gefaßt werden kann . . .«

»Das wird alles geregelt, Enrico«, unterbrach ihn Bamberger. »Alle Probleme werden beseitigt, bevor es so weit ist. Glauben Sie mir! Dafür haben wir Spezialisten! Wir haben den Stoff entwickelt; was nun weiter damit geschieht, ist nicht mehr unser Bier!«

Er klappte die dunklen Gläser hoch, warf Polazzo noch einen anerkennenden Blick zu. »Ich muß weiter, Enrico. Werde erwartet am Simulator. Zum vierzehnten Durchlauf. Die Executive des IMT ist geschlossen aus New York unterwegs. Ein großer Tag für uns alle, Enrico . . .!« Er reichte ihm durch den Fensterspalt überraschenderweise die Hand und schüttelte sie, allerdings kraftlos und feucht.

»Ein großer Tag . . .« wiederholte er. »Besonders für Cliff Roberts!«

»Für wen?« fragte Polazzo.

»Cliff Roberts. Sie kennen ihn doch?!«

»Ich kenne ihn nicht. Nie gehört!«

»Aber Enrico, ich bitte Sie«, Bamberger lachte, war sprachlos.

»Unser Section Manager Extrication! Roberts! Der oberste Boß der Entwicklungsabteilung der IMT. Er war im letzten Jahr zweimal hier, Sie haben ihn nicht getroffen?«

Polazzo schüttelte den Kopf.

»Na, wie auch immer«, versuchte Bamberger einzulenken. »Er ist stolz auf uns!«

»Wieso habe ich den nie gesehen?« fragte Polazzo, und irgend etwas begann seinen Magen sanft zusammenzuziehen. »Wieso ist der nie gekommen und hat uns aufgesucht oder begrüßt oder mit uns geredet, wenn er so wichtig und unser Material so sensationell sein soll?«

Aber Bamberger gab darauf keine Antwort. »Er hat mich eingeladen. Für nächste Woche. Pressekonferenz in New York. Empfang im Waldorff-Astoria. Demonstration. Filmvorführung. ›SYNTAN‹ wird präsentiert, das neue, synthetische Titan, unser Stoff, Enrico: superleicht — superhart — superelastisch. McRoy, die große Werbeagentur in Los Angeles, übernimmt die Promotion. Und in der IMT-Zentrale rechnen sie bereits die Produktionszahlen hoch, die Umsätze, die Prognosen, wieviel Millionen Tonnen von dem Zeug der Markt verdaut. Es sind immerhin Investitionen für die nächsten zwanzig Jahre . . .«

Der Druck auf dem Magen hatte sich verstärkt, und Polazzo fühlte, wie es ihm sauer aufstieß, wie der Unmut und damit sein Adrenalinspiegel heftig und stetig anstiegen, und er sah keine Chance, diesem Streß und dieser Frustration zu begegnen.

Snythetisches Titan, sein Stoff, dem sie bereits einen Namen verpaßt hatten, ohne ihn zu fragen, »Syntan», wurde nun gefeiert und präsentiert, und der Profit wurde bereits hochgerechnet, und alles ohne ihn. Seine Idee, seine Arbeit seit nunmehr fünf Jahren. Pressekonferenz. Die Executive reiste an aus New York. Man war stolz auf ihn, wie es hieß, vermutlich jedoch stolz auf sich. Denn er war bereits überflüssig, ein Händedruck, ein freundschaftlicher Blick. Danke, das war es dann schon. »Was ist eigentlich mit meinem Patent, Dave . . .?« fragte er sanft. Und nur wer ihn gut kannte, war imstande, den drohenden Unterton herauszuhören.

»Mit was?« Bamberger verstand nicht recht und schob für alle Fälle die bereits heruntergeklappten dunklen Gläser wieder hoch.

»Mein Patent, Dave«, wiederholte Polazzo langsam und deutlich. »Ich habe als Grundlage M-1209 eingebracht«, fuhr er fort, als Bamberger nicht reagierte und ihn nur verständnislos ansah. »Gut, ja, okay, ich habe den Stoff hier weiterentwickelt. Aber im wesentlichen war das alles meine Idee, meine Entwicklung . . .!«

Da ging ein Leuchten über Bambergers Gesicht, er schien zu begreifen, natürlich, ganz einfach, es ging ums Geld, wie immer und überall, und diese Anspielung brachte einen Bamberger keineswegs aus dem Takt, auf Diskussionen dieser Art war er vorbereitet. »Aber Enrico, natürlich, das ist kein Problem. Man wird Sie abfinden, eine Prämie, wir sind nicht kleinlich . . .!«

»Mir geht es aber um ein Patent.« Polazzo beharrte darauf. »Ich will die Entwicklung dieses Stoffes, seine Massenproduktion, seinen Einsatz in der Praxis, ich will weiter daran teilhaben, verstehen Sie, ich will gewisse Kontrollfunktionen . . .«

Aber Bamberger unterbrach ihn abrupt. »Das wird anders geregelt hierzulande. Das Patent reicht die Firma ein. Der Name ›Syntan‹ ist bereits für uns geschützt.«

»Okay, Dave — und die Basis für Euer ›Syntan‹ ist mein M-1209! Und sehr viel Neues ist nicht dazugekommen!«

Bamberger zwang sich zu einem verbindlichen Lächeln. »Sie unterschätzen Ihre Arbeit hier, Enrico, auch die Unterstützung Ihrer Kollegen, auch die Mittel, die Sie hier zur Verfügung hatten.«

»Ja, und damit hat man mich geködert, Dave!« Polazzos Stimme klang plötzlich metallisch und scharf. »Ich bin hierher gekommen . . .«

»Ich muß los!« unterbrach ihn Bamberger.

»... hierher gekommen«, fuhr Polazzo unbeirrt und um einige Nuancen lauter fort, »weil ich annehmen mußte, daß man hier wesentlich weiter ist. Ich habe meine Karten auf den Tisch gelegt und nichts dafür bekommen, nichts ...!«

»Immerhin«, warf Bamberger ein, »die Gelegenheit, einen großen Wurf zu landen!«

Polazzo hatte sich zu Bamberger und dem Sehschlitz über der getönten Scheibe heruntergebeugt. Jetzt richtete er sich wieder auf. »Dave ...« Er sah lauernd hinunter auf diesen Mann, der ihm plötzlich klein und schmierig und unehrlich vorkam. »Wo wird das andere Material produziert? Dave ...«

»Welches Material?« fragte Bamberger dagegen.

»Synthetischer Stahl für statische Belastung.« Und als Bamberger ihn immer noch verständnislos anblickte, fügte er hinzu: »Sie muß doch längst im Bau sein!«

»Wer muß im Bau sein?«

»Die Brücke!« Laut und unmißverständlich schoß dieses Wort aus Polazzo heraus wie ein Pfeil gegen diesen Mann, der sich dumm stellte, der ihn ignorierte, der ihn unterschätzte und verkaufte oder was immer auch. »Die Brücke von Vancouver! Das müssen Sie doch wissen, Dave! So geheim kann das doch nicht sein! Drei- bis viertausend Meter Spannweite — synthetischer Stahl der IMT!«

Er verstummte, denn Bamberger schnappte hörbar nach Luft, schien sich königlich über diesen makabren Scherz zu amüsieren. »Mein Gott, Enrico ...« Er konnte es immer noch nicht fassen, lachte und nahm die Brille ab, die plötzlich beschlagen war. »Diese Geschichte haben Sie geglaubt? Enrico ...!« Er konnte es immer noch nicht fassen. »Es war eine Ente. Wurde überall abgedruckt. Wurde überall dementiert. Und Enrico Polazzo hat es geglaubt. Wunderbar . . .!«

Polazzo zwang sich zur Ruhe. Disziplin, sagte er sich. Disziplin! »Ich habe die Pläne gesehen«, versuchte er zu erklären, »das fotografierte Modell . . .!«

»Sicher wird die Brücke gebaut!« Bamberger setzte sich umständlich die Brille wieder auf. »Und die IMT liefert tatsächlich das Material: Stahl! Ganz normaler, klassischer Stahl! Das mit ›Synthetics‹, das war ein Gerücht, nichts weiter. Kam uns allerdings sehr willkommen: Es putschte die Börsenkurse zwischendurch hoch. Jetzt sind sie allerdings wieder im Keller, wie das heute so ist, überall!« Er sah Polazzo spitzbübisch über seine Brillengläser hinweg an, hob den Finger und fügte mit Anspielung hinzu: »Aber nicht mehr lange, Enrico, nicht mehr lange . . .!« Er hob die Hand zum Abschied, eine matte, aber endgültige Geste. »Ich muß los, wir sehen uns noch!« Er wandte sich ab, das Fenster kroch langsam nach oben, diese nahezu undurchsichtige, getönte Scheibe.

Da faßte Polazzo mutig dazwischen, stoppte das Verschwinden dieses Mannes hinter dem blauen Glas, noch bevor der schwarze Fahrer das Abfahrtssignal begriffen hatte und der Wagen sich in Bewegung setzen konnte. »Dave!« rief er. »Hören Sie . . . Das war doch ein abgekartetes Spiel!« Er beugte sich hinunter und starrte feindselig durch den nur noch zwei Zentimeter breiten Schlitz. »Man hat mich hierher gelotst . . .«

»Sie haben sich beworben«, tönte es aus dem Wagen.

»Hierher gelotst, aufs Kreuz gelegt, übers Ohr gehauen!« Er schrie es förmlich dem anderen zu. »Das stinkt doch alles nach Betrug«, fuhr er fort. »Ich will mein Patent, hören Sie, Dave! Dieser Stoff ist mein geistiges Eigentum!«

Da öffnete Bamberger seinen Schutz, trat gewissermaßen sicher und selbstbewußt aus der Barrikade hervor: Das Fenster versank im Rahmen der Tür, öffnete sich ohne Vorbehalt, so weit es eben ging. Und Bamberger beugte sich heraus zu diesem Hysteriker, wie es ihm schien, und klärte ihn freundlich und leise und mit aller Höflichkeit auf: »In Europa vielleicht, Enrico. Vielleicht dort.« Und dann lächelte er. »Erregen Sie sich nicht an diesem schönen und erfolgreichen Tag — in dieser mörderischen Hitze!«

Der Wind trieb heißen Sand gegen den Wagen, wirbelte ihn in das Innere, aber Bamberger reagierte nicht darauf. »Setzen Sie sich in Ihr kühles Büro«, fuhr er fort, »ordnen Sie Ihre Unterlagen und übergeben Sie alles Thompson. Der wird Sie aufsuchen. Thompson bearbeitet unseren Patentantrag.«

»Sie halten mich für einen Idioten, nicht wahr, Dave?« Polazzo versuchte sich in Sarkasmus zu retten. »Ich gebe nichts aus der Hand, nichts!« Er schien es ernst zu meinen.

Das begriff sogar Bamberger, trotz seiner berufsmäßig unterentwickelten Sensibilität. »Gehen Sie aus der Sonne, Enrico«, riet er ihm. »Sie vertragen das nicht. Wir sind in der Wüste!«

»Es sind meine Papiere!« verkündete Polazzo. Er hatte keine Lust mehr, angepaßt und diplomatisch zu sein.

»*Unsere* Papiere, Enrico«, korrigierte Bamberger. »Die Eigentumsverhältnisse sind hier klar geregelt.« Er sah ihn einige Augenblicke lang schweigend und abwartend an. »Machen Sie keinen Fehler, Enrico«, drohte er ihm schließlich, als keine Gegenrede mehr zu kommen schien. »Wir lassen uns nicht bestehlen! Übergeben Sie die Syntan-Papiere an Thompson. Ich bitte Sie sehr darum. Und gehen Sie aus der Hitze.«

Die getönte Scheibe schloß sich nun endgültig.

Ohne ein weiteres Wort, ohne weitere Geste des Abschieds fuhr Bamberger davon. Der Wagen verschwand zwischen den schneeweißen Dünen.

Polazzo stand noch eine Weile regungslos am gleichen Platz, eine schmale, dunkle Gestalt in der weißen Landschaft. Dann ging er zu dem gelben Werkbus zurück, der mit laufendem Motor gewartet hatte. Er sah die Gesichter der Kollegen und Mitarbeiter am Fenster. Sie blickten ihm erwartungsvoll und neugierig entgegen.

Als er den Bus betrat, sagte er laut und deutlich in die erwartungsvolle Stille: »Er hat uns gratuliert! Er sagt, die IMT ist stolz auf uns . . .« Dann setzte er sich und sprach bis zur Ankunft im Camp kein einziges Wort mehr.

17

»Hallo! Ihre letzte Kopie!«

Ein Kollege, den Polazzo nur flüchtig kannte, hatte ihn an der Treppe abgefangen. Er reichte ihm die Fotokopie eines engbeschriebenen Blattes.

Da hatte er sich nun wie ein Dieb eingeschlichen und ohne Genehmigung, ohne Kostenschlüssel und gegengezeichnete Anforderung der Abteilung rund 250 Kopien der Syntan-Papiere hergestellt, hatte den günstigsten Zeitpunkt abgepaßt, wenn die Mädchen der Büros bereits fort, die Kollegen aber noch in ihren Labors beschäftigt waren. Und dann ließ er versehentlich das letzte Blatt, ausgerechnet das mit seiner Unterschrift und Code-Nummer, im Kopierautomaten zurück.

Er bedankte sich und versuchte der Miene des anderen

zu entnehmen, ob dieser Verdacht geschöpft hatte. Aber offensichtlich war er nicht imstande, Polazzo, dem Star unter den jungen Wissenschaftlern, subversive Handlungen zu unterstellen.

Als Thompson gegen sieben Uhr bei Polazzo erschien, griff dieser ohne Zögern in das Fach seines Schreibtischs und händigte ihm die verlangten Papiere aus.

»Sehr kooperativ«, murmelte Thompson, bleckte seine Pferdezähne, in denen meistens eine kalte Dunhill klemmte, die Polazzo an sein Studium in Cambridge erinnerte, dann trollte er sich wieder.

Das Auftauchen von Thompson war für Polazzo der Beweis, daß Bamberger durchaus bereit war, ihn ernst zu nehmen. Er wartete noch einige Minuten, dann warf er das Bündel Fotokopien, das er unter seinem Kopfkissen liegen hatte, in seine alte, lederne Reisetasche und verstaute sie im Schrank, der sich nicht abschließen ließ. Da stand sie nun die ganze Nacht. Bei offener Tür.

Eine der Flutlichtlampen, die den Parkplatz beleuchteten, strahlte durch die Jalousetten des Fensters. Das Licht fiel ausgerechnet auf diese Tasche. Wenn es nicht eine dieser schlaflosen Nächte gewesen wäre, hätte Polazzo das nur wenig irritiert.

Aber nun stand der Beweis seiner Illoyalität ihm ständig und grell beleuchtet vor Augen.

Drei Tage später fuhren sie über den Organ-Paß nach Las Cruces, zum Abendessen in Tegmeyer's Steakhouse. Es war ein richtiger Konvoi, zehn oder zwölf Wagen mit doppelt so vielen Kollegen. Sie hatten schließlich allen Grund zu feiern, auch wenn Tegmeyer's für solche Anlässe nicht unbedingt der richtige Ort war.

Aber das Schauspiel war einmalig. Golden, purpurn

und schließlich rosa ging hinter den Bergen auf der anderen Seite des Rio-Grande-Tals die Sonne unter. Draußen im Garten, vor den breiten Scheiben, standen die blühenden Yuccas auf ihren hohen Stümpfen als bizarre Silhouetten vor diesem vielfarbigen Himmel.

Da benutzte Polazzo diesen Augenblick allgemeiner Naturbewunderung und versuchte draußen im Vorraum ein Telegramm nach Europa abzusetzen.

Er hing an dem freistehenden Telefon und erhielt von einem geduldigen Operator Nachhilfeunterricht in diesem Metier.

Nachdem er den Text durchgegeben hatte, folgte er brav den Anweisungen und warf die gewünschte Menge Münzen in die Schlitze, bis 12 Dollar und 35 Cent voll waren. Das Mädchen an der Garderobe assistierte ihm und wechselte die Scheine. Und er vertraute auf ihre Verschwiegenheit.

Für dieses Geld hätte er auch in Ruhe telefonieren können. Aber Polazzo wollte keine Diskussion mit Palm. Er hatte nur eine Chance, vollendete Tatsachen zu schaffen.

Als er zurückkehrte, hatte keiner am Tisch seine Abwesenheit bemerkt.

Es wurde trotz allem ein rauschendes Fest bis elf Uhr nachts. Tegmeyer hatte eine Alkohollizenz und genügend Dosen Budweiser-Bier auf Lager, was man beides nicht von jedem renommierten Restaurant dieses Landstriches sagen kann.

Ordentlich und diszipliniert fuhren sie im strahlenden Mondlicht zurück über den Paß, checkten gewissenhaft beim Gate No. 3 wieder ein und zerstreuten sich nach einem lautstarken Abschied wieder über ihr Wüstencamp. Und jeder war erleichtert, daß ihnen keine Highway Patrol begegnet war und ein humorloser Sergeant sie ins Röhrchen blasen ließ.

Als Polazzo am nächsten Morgen zu Fuß und mit seiner Reisetasche zum Gate gewandert kam, standen McLean und Nancy mit ihrem Pickup-Truck bereits in der Schlange der Wartenden.

»Hallo, Enrico«, rief Nancy mit schriller Stimme, »da bist du ja.«

Und zu ihrem Mann gewandt fuhr sie fort: »Der alte Römer ist doch noch gekommen, siehst du?«

Er hatte es längst gesehen und sich aus dem Fenster gebeugt. »Na, hast du dich doch noch entschlossen?«

Polazzo blieb neben dem Wagen stehen, nickte und schaute unternehmungslustig in die Gegend.

»Los, steig ein!« McLean hatte die Tür auf Nancys Seite geöffnet.

Aber Polazzo winkte ab. »Ich geh' schon mal voraus und warte draußen!«

»Ja, ja«, bestätigte McLean, »heute dauert's wieder. Jeden Samstag diese elende Filzerei. Als ob wir alle Schmuggler wären . . .« Er warf einen Blick auf die Reisetasche von Polazzo. »He«, rief er ihm nach, »willst du verreisen? Mit großem Gepäck?«

Aber Polazzo reagierte nicht darauf. Er wanderte die Wagenreihe entlang, begrüßte Bekannte hier, Kollegen dort. Alle hatten sie an freien Wochenenden nur das eine Verlangen, dem Getto und der Isolierung zu entfliehen.

Die Uniformierten mit dem »CQ« auf ihrer Armbinde inspizierten jeden Kofferraum, durchsuchten den Fond jedes Wagens, ließen sich die Motorhauben öffnen.

Polazzo ging an ihnen vorbei, zeigte seine rote Karte vor, präsentierte sie jedem, der ihn prüfend ansah, und schlüpfte schließlich unter dem Schlagbaum hindurch ins Freie.

Keiner hatte ihn nach seinem Namen gefragt, keiner hatte die rote Karte aus der Nähe betrachtet, das Foto mit seinem Gesicht verglichen. Keiner hatte die Tasche inspiziert, in der vier Kilo Fotokopien in seinen Schlafanzug eingewickelt waren. Die »Syntan-Papiere«.

Zwischen seiner Person und dem Wachtposten, der ihm nachsah und dann ans Telefon im Postenhaus trat, eine Nummer wählte und eine Meldung machte, stellte Polazzo keine Verbindung her. Auch dem Wagen mit der langen Antenne und dem unverfänglichen Nummernschild, der bereits außen, vor dem Gate, geparkt war, maß er keine Bedeutung bei, obwohl der Fahrer in Zivil ihn ziemlich genau musterte und ihn mit dem Bild auf einem Karteiblatt verglich.

Er stand harmlos und ungezwungen herum, beobachtete das Wachpersonal beim Filzen der Fahrzeuge hinter dem Schlagbaum, winkte den Freunden zu, die endlich durch waren, und wartete auf McLean, der nach etwa zehn Minuten schließlich das Tor mit seinen zahllosen Warn-, Gebots- und Verbotsschildern, mit seinen Hinweisen, Warnungen und Anweisungen verließ.

Er stieg zu, klemmte sich neben Nancy auf die schmale, abgewetzte Plastikbank, spürte die Nähe und die Wärme ihrer Schenkel, legte seinen Arm auf die Rückenlehne und seine Hand an ihren Rücken und begann ein Lied zu summen.

»Was schleppst du eigentlich in deiner Tasche spazieren?« fragte McLean. »Vorher, am Schlagbaum wollte ich dich nicht fragen. Bierdosen oder Mikrofilme für die Konkurrenz?«

Er lachte, aber Plazzo blieb ernst. »Schlafanzug und Rasierzeug.«

»He, was hast du vor?« Nancy war neugierig geworden. »Triffst dich mit deiner Yvonne, was?«

»Vielleicht . . .« Polazzo versuchte hintergründig zu lächeln und hoffte endlich einmal so etwas wie Eifersucht in Nancy zu erwecken. Aber sie blieb kühl, der nette, neutrale Kumpel von nebenan.

»Vergiß das, Enrico.« McLean versuchte das Thema Yvonne zu versachlichen. »Wir fahren zum Essen nach La Candelaria, und heute abend sind wir wieder zurück. Und zwar zusammen mit dir. Ich bin für dich verantwortlich. Und wenn du unbedingt mal außerhalb des Camp übernachten mußt, dann halte wenigstens die Spielregeln ein und besorg dir einen Urlaubsschein. Nach siebzig Wochen und als Träger der roten Elitekarte hast du bestimmt keine Schwierigkeiten damit.«

»Werd's versuchen«, versprach Polazzo.

Dann schwiegen sie fast eine ganze Stunde lang, fuhren die vorgeschriebenen 55 Meilen auf einer vierspurigen, leeren Straße durch die Wüste und hörten Musik.

Auf den Wagen mit der langen Antenne, der eine halbe Meile hinter ihnen fuhr, achteten sie nicht.

Der folgte ihnen auch noch, als sie die Grenze nach Texas überfuhren.

18

»Dort drüben liegt also Mexiko . . .!« Polazzo schaute hinüber zum anderen Ufer des Flusses. Niedrige Häuser aus Holz und Lehm klebten an den kahlen weißen Hängen. Rauch stieg hoch. Scharenweise strömten die Kinder hinunter zum Wasser, wo die Frauen ihre Wäsche ausgebreitet hatten.

»Ja«, nickte McLean, »dort drüben liegt Old Mexico!«

Er grinste zu Polazzo hinüber. »Schön, dir mal was Neues bieten zu können!«

Sie hatten den Rio Grande erreicht, der hier im westlichen Texas die Grenze zwischen den USA und Mexiko bildete. Sein braunes, lehmiges Wasser floß träge über die flachen Sandbänke hin. Viel war nicht mehr übrig von diesem stolzen, legendären Fluß. Der größte Teil seines Wassers, das aus den schneereichen Bergen nördlich von Santa Fé stammte, war längst in den Plantagen und Viehtränken versickert, bevor er bei El Paso mexikanisches Gebiet berührte.

Sie erreichten auf dem Highway in einer knappen halben Stunde El Paso und den großen Grenzübergang, die »Freundschaftsbrücke«, die jedes Wochenende von zigtausenden Touristen aus den USA auf dem Weg in eine billige, aufregende Exotik überquert wurde. Nirgends waren Zahnärzte, Rechtsanwälte und geschmuggelte Zigaretten billiger als drüben im geheimnisvollen, suspekten und bereits ein wenig schmutzigen Ciudad Juarez.

Aber McLean vermied den Rummel und die Warteschlangen an der Grenze und steuerte auf Schleichwegen einen der kleinen, fast verlassenen Übergänge an.

Von dort waren es nur noch wenige Meilen bis zu einem Restaurant mit »phantastischen Tortillas«, von denen die Eingeweihten nach jedem Wochenende erneut schwärmten. Aber vermutlich ging es in diesem abgelegenen kleinen Städtchen, von dem die Junggesellen im Camp so besonders angetan waren, nicht nur um Tortillas.

Nancy zumindest war skeptisch. »O dieses verdammte mexikanische Essen«, meckerte sie. »Sechzig Prozent ist nichts als Mais, und der Rest ist Abenteuer!«

Polazzo lachte und bekam große Augen: »Abenteuer? Essen kann gar nicht abenteuerlich genug sein. Aber das ist natürlich relativ. Für Amerikaner ist ein Wiener Schnitzel bereits exotisch.« Und auf Nancys Protest hin entwikkelte er eine nicht ganz ernst gemeinte, aber durchaus realistische Theorie: »Wenn man sich vorstellt, von dieser Grenze hier nach Norden, bis Kanada, ach was, bis Alaska, bis tief in die Arktis hinein, das sind sechstausend oder achttausend Meilen oder sogar noch mehr, da gibt es nur noch drei verschiedene Gerichte auf der Speisekarte: Steaks — Hot Dogs — und Hamburger . . .«

Nancy protestierte erneut und fand diese Behauptung nun überhaupt nicht komisch. »Oh, Lord!« rief sie. »Don't discuss our food and our religion!« — was ein Scherz mit doppeltem Boden und einer guten Portion Ernsthaftigkeit war. Denn es hieß nicht nur: Diskutier mit Amerikanern nicht über ihr Essen und ihre Religion — es hieß auch: Führ dir beides besser nicht zu Gemüte . . . oder so ähnlich.

»Wieder einmal ein Tabu . . .«, stellte Polazzo fest. »Verzeiht, ich war taktlos!«

Aber McLean nahm den Streit mehr von der heiteren Seite. »Gib zu, du übertreibst, und die Sache ist erledigt!«

»Jawohl«, bekannte Polazzo bußfertig, »ich gebe zu, ich habe übertrieben . . . weil es die Tatsachen anschaulicher macht. Ihr kennt Europa nicht, ein Jammer! Wenn ich mir vorstelle, allein in jeder Provinz Italiens, in jeder Stadt, in jedem Dorf — diese Spezialitäten — das Besondere — ein edler und ständiger Wettstreit, die Zunge zu überraschen — Mamma mia!«

Es war eine perfekte und gelungene Vorstellung, die er mit drei Sätzen, mit Händen und Zunge und Augen gegeben hatte, so daß sogar Nancy hingerissen applaudierte.

»Hörst du, McLean!« rief sie. »Europa, Italien, Rom! Wenn du mich wirklich liebst und noch eine Weile behalten willst, dann bringst du mich dorthin!«

»Ich bringe dich zuerst mal nach Mexiko zu Tortillas und Enchilladas und werde feststellen, daß du beides nicht würdigst, und spare mir damit die Reise nach Rom!«

»Monster!« schimpfte sie und schmollte.

»Nein«, nahm Polazzo seinen Freund McLean in Schutz, »er hat vermutlich recht. Ich fürchte, du wirst es nicht begreifen, das mit dem Abenteuer und dem Essen. Ganz einfach, weil du Angst hast, vor dem Fremden, dem Unbekannten, vor dem Risiko, du und weitere hundert Millionen angepaßter Landsleute, die diesen schönen Kontinent bevölkern.« Und dann brach er in einen abgrundtiefen Seufzer aus. »Wann sind wir endlich dort bei diesen verdammten Tortillas?«

»Knappe Stunde noch«, sagte McLean. »Du hast Hunger?«

»Seit Wochen, ja!«

»O Gott«, bedauerte ihn Nancy, »das ist nicht Hunger, das ist Heimweh! Wie muß er leiden . . .!«

»Ja, wie muß ich leiden!« Polazzo kamen fast die Tränen vor Selbstmitleid.

Die Straße war eingeschrumpft zu einem schmalen Asphaltband, das sich voller Risse und Schlaglöcher am Fluß entlangschlängelte.

Eine Gruppe Halbwüchsiger watete gerade durch den Fluß. Das Wasser reichte ihnen bis zum Knie. Sie hatten irgendwelche verschnürte Bündel unter dem Arm und auf dem Kopf und witterten scheu nach allen Seiten.

»Wir bekommen gerade wieder ein paar billige Arbeitskräfte mehr in die USA«, erklärte McLean und zeigte auf die Grenzgänger. »Dabei haben wir inzwischen selbst vier Millionen Arbeitslose.«

Als sie die Kurve erreichten, die um eine große, leuchtendgrüne Baumgruppe herumführte, kam ihnen mit rotem Flackerlicht die texanische »Border Patrol« entgegen.

Und als sich die beiden Wagen begegneten, gellte die Sirene los. McLean stoppte abrupt, aber das Signal galt nicht ihnen.

Durch das Heckfenster sahen sie, wie die illegalen Grenzgänger wieder zurück in ihre mexikanische Heimat flüchteten.

Und sie sahen auch einen dunkelgrünen Privatwagen mit überlanger Antenne, der ihnen gemächlich folgte und schließlich neben dem Wagen der Grenzkontrolle stehenblieb.

Noch ein weiteres Mal hätte Polazzo Gelegenheit gehabt, den unauffälligen Wagen zu bemerken.

Als sie die Grenzbrücke erreichten und das Postenhaus auf der amerikanischen Seite passierten, hatte der Grenzposten mit seinem Texashut kaum einen Blick für sie. Er sprach gerade in sein Funksprechgerät und winkte den Wagen von McLean lässig an sich vorbei. Dann wurde er aufmerksam, notierte sich die Nummer auf einen Schreibblock an der Wand und sah dem Wagen mit der Antenne erwartungsvoll entgegen.

Aber da hatte McLean mit seinen Begleitern bereits den geöffneten Schlagbaum passiert.

Der mexikanische Polizist warf einen flüchtigen Blick in das Inneres des Pickup-Trucks. »Buenas tardes«, sagte er, sah freundlich von einem zum anderen. »You all have passports?«

Sie nickten, zeigten sie vor.

Er griff, mehr aus Neugierde, zu Polazzos blauem italienischen Paß. »Ah, Repubblica Italiana!« las er. Dann salutierte er lässig, reichte den Paß zurück und gab mit einem freundschaftlichen »Muchas Gracias!« den Weg zu den Tortillas frei.

Der grüne Wagen stand immer noch auf texanischer Seite, am anderen Ende der schmalen Eisenbrücke mit ihrem zerstörten Asphaltbelag, und hatte die Verfolgung offenbar aufgegeben.

Der Fahrer schien mit dem Posten der »Border Patrol« zu diskutieren. Aber so durchlässig diese Grenze für Zigaretten und billige Arbeitskräfte auch war, für offizielle Missionen schien sie, zumindest fürs erste, ein Hindernis zu sein.

19

Sie hatten am Marktplatz geparkt, am »Zoccolo«. Das kam von »Sockel«. Denn für gewöhnlich zierte diesen rechteckigen Platz im Zentrum jeder mexikanischen Stadt ein Denkmal.

Im »El Candelaria« stand keines, nur ein Musikpavillon, vor dem sich abends die fünfhundert Einwohner in einer den Indios eigenen würdevoll-ernsten Heiterkeit versammelten.

Aber um diese Mittagsstunde lag der Platz ausgestorben und leer. Nur ein Postkarten- und Souvenirverkäufer saß im Schatten einer Platane und warf den drei Fremden einen uninteressierten Blick zu. Später würde er sie ansprechen, vielleicht, wenn sie zurückkamen vom Essen. Im Augenblick hatte er Siesta.

Der zehnjährige, knopfäugige Junge mit dem Indianergesicht hatte da wesentlich größere Ambitionen. Sein Erwerbsstreben war besser entwickelt. Er schleppte seinen Schuhputzkasten quer über den Platz, rannte sogar die letzten fünfzig Meter und bot in perfektem Englisch seine Dienste an. Aber der weise Souvenirverkäufer mit seiner jahrzehntelangen Erfahrung hatte schon recht: Vor den Tortillas, vor Bier und Tequila, war mit den verdammten Gringos nur selten ein Geschäft zu machen.

Im großen Raum des Restaurants waren sie die einzigen Gäste. Nur von der »Bar« im Nebenraum drang aus der Musik-Box das nervöse Gefiedel der Mariachi-Musik, vermischt mit lauten, ausgelassenen Männerstimmen.

Die Bedienung, die ihnen die Karte reichte, war ausnehmend hübsch. Sie schenkte Polazzo ihr schönstes und strahlendstes Indio-Lächeln. Offenbar mit sicherem Instinkt hatte sie den Junggesellen aus dieser Dreiergruppe identifiziert und signalisierte ihm bevorzugten Service. Polazzos romanischer Charme, der Vorzug, kein Gringo, kein Nordamerikaner zu sein, dazu seine spanischen Sprachkenntnisse taten ein übriges.

Nancys Eifersucht war kaum gespielt. »Enrico braucht ein Mädchen, hab' ich recht?« fragte sie scheinbar leichthin, um den Fall in die Kategorie der »Bedürfnisse« einzuordnen.

Aber Polazzo antwortete nicht, und McLean schob, um das Thema zu wechseln, Postkarten und Kugelschreiber über den Tisch. »Los, unterschreib mal. Die hier ist an Sullivan und die hier an Fred.«

Polazzo unterschrieb wie gewünscht. »Wenn die Karten ankommen, bist du bereits wieder eine volle Woche im Kreis der Kollegen.«

»Ist aber so üblich, machen wir immer so.« Er leckte die Marken ab. »Die Karten kommen an die Wand, hinter die Schreibtische. Einige sammeln die Marken . . .«

Dann kam das Essen.

Die Bedienung ließ die Bierdosen knallen, »Carta

Blanca«, dann streute sie Salz auf den Rand, träufelte Limonensaft darüber und zeigte Polazzo, wie man auf mexikanische Art trinkt.

Er spielte den gelehrigen Schüler, setzte die Dose an die Lippen und ließ sie nicht aus den Augen. Da lachte sie plötzlich schallend auf und huschte verlegen zurück in die Küche.

Von da an servierte eine steinalte Mexikanerin.

»Wird Post eigentlich zensiert?« fragte Polazzo, als McLean der alten Frau die Postkarten übergab.

»In Mexiko? Nein!«

»Ich meine, in der Firma«, erklärte Polazzo. »Irgendwer öffnet meine Briefe nach Europa.«

»Kann ich mir eigentlich nicht vorstellen«, sagte McLean, aber er meinte es nicht ganz ehrlich. »Natürlich sollen keine Informationen rausgehen. Den Passus hast du selbst unterschrieben . . .« Aber dann fragte er nach: »Du hast also doch noch Kontakt zu Kollegen!«

Und mit einem Mal hatte Polazzo das unbestimmte Gefühl, daß nicht nur Freundschaft McLean an ihn kettete — sondern vielleicht auch ein Auftrag »von oben«. Nie hatte er allein das Camp verlassen, nie war er mit anderen Kollegen zusammengekommen — ohne McLean. Er schüttelte also den Kopf: »Nein, kein Kontakt! Nur zu Yvonne. Aber die interessiert sich nicht für meine Arbeit.«

»Dann schreibe ihr doch eine Karte«, ermunterte ihn Nancy. »Wenn du sie hier in Mexiko einwirfst, wird sie bestimmt nicht zensiert!«

»Gute Idee«, antwortete Polazzo, stand auf, ging zum Postkartenkarussell neben der Küchentür — nahm aber seine Reisetasche mit und stellte sie neben sich auf den Tisch.

Das war vielleicht falsch, war zu auffällig, ein Reflex, den er sofort bereute.

Er öffnete die Tasche, suchte scheinbar nach Geld, tastete nach dem schweren Packen Papier, den fotokopierten Aufzeichnungen und Dokumenten in seinem Pyjama, und mit einem Mal fühlte er sich schlecht, trotz Tequila und Tortillas, trotz Chilli con Carne und Enchiladas — aber wegen dieser mexikanischen Köstlichkeiten ganz bestimmt nicht.

Erst das Mädchen brachte ihn wieder auf andere Gedanken. Sie stand in der Küche, wusch ab und lächelte ihn an, mit diesen wunderschönen weißen Zähnen in dem olivbraunen Gesicht.

Sie standen bereits wieder neben dem Pickup-Truck, draußen auf dem weiten Platz, McLean schloß umständlich auf, während Nancy das Angebot des Souvenirhändlers prüfte, als an der Ecke zum Restaurant die junge Mexikanerin erschien.

»Ollah!« rief sie über die Straße und schwenkte die Reisetasche von Polazzo, die er vergessen hatte.

Aber er schien nicht besonders überrascht, winkte nur beruhigend zurück, deutete an, er werde gleich kommen, sofort oder nach einem Weilchen, und dann klopfte er McLean auf die Schulter, hauchte Nancy die Andeutung eines Kusses auf die Wange und sagte: »Ciao — Freunde — Byebye . . .!«

Die beiden waren eine Sekunde lang fassungslos.

»Ich fahre nicht mit zurück«, klärte Polazzo sie auf. »Habe ich das nicht gesagt?«

»Nein, das hast du nicht gesagt«, antwortete McLean. »Du wirst es wohl vergessen haben. Aber wie auch immer: Gib zu, es ist ein Scherz!«

»Ein Scherz? Warum?« Polazzo sah sich auffällig zu dem Mädchen um, das immer noch mit der schweren Tasche an der Ecke stand und wartete.

»Man hat mir zwei Wochen Urlaub genehmigt. Gewissermaßen als Prämie. Und zwar an einem Stück!«

Da schüttelte McLean den Kopf. »Nein, Enrico, du hast keinen Urlaub. Ich wüßte das!« Er machte eine nachdenkliche Pause. Er schien, als hätte er bereits zuviel gesagt. »Und wennschon«, schwächte er ab, »du willst ihn hier verbringen? In diesem Kaff?«

»Hier — oder woanders.« Polazzo zuckte die Schultern. »Mal sehen . . .«

»Mal sehen . . .!« wiederholte McLean. Es klang bereits wie ein Zitat. Er stieg in seinen Wagen, Nancy folgte mit einem langen kritischen Blick zu dem Mädchen an der Ecke. Dann versuchte sie schelmisch zu lächeln. »Viel Spaß, Enrico.«

Und ohne jeden Humor fügte sie hinzu: »Der Doktor im Camp erwartet dich nach deiner Rückkehr. Vergiß es nicht!«

Aber bevor Polazzo die Anzüglichkeit verstanden hatte, fiel McLean ihr bereits ins Wort: »Das Problem ist, Enrico . . . Wie kommst du wieder zurück?«

Aber der winkte nur ab.

»Nein, du verstehst mich nicht . . .« McLean beugte sich weit aus dem Wagen und verstieg sich in eine Indiskretion: »Ich bin für dich verantwortlich, wirklich!«

»Ich weiß«, antwortete Polazzo. »Aber ich gehe nicht verloren. Keine Angst!«

Ein kurzer Gruß, ein flüchtiges Lächeln, und Polazzo ging über die Straße und nahm dem Mädchen die Tasche ab.

Als er sich umwandte, verließ McLeans Wagen gerade den Platz, und Nancy winkte ihm ein letztes Lebewohl zu.

Polazzo winkte nicht zurück.

20

»Ein Taxi . . . Ich brauche ein Taxi!«

Sie standen immer noch an der Ecke und sahen dem Pickup-Truck nach, der die holprige Straße mit den niedrigen weißen Fassaden hinunterfuhr.

»Si, Señor«, sagte das Mädchen. »Taxi — enfrente! This is Taxi!« Sie zeigte über den Platz.

Es war ein Taxi gewesen, in seinen besten Jahren, aber die waren für den alten Buick längst vorüber.

Ein zahnloser Mann mit einer Mütze polierte den Lack und war an manchen Stellen schon auf dem blanken Blech gelandet.

Polazzo steckte zwei Finger in den Mund, um dem Fahrer zu pfeifen.

Aber das Mädchen faßte nach seinem Arm. »En seguida?« fragte sie. »Jetzt? Sofort?« Und sie sah ihn dabei mit einem traurigen Lächeln an. »Now? — or mañana? Gleich — oder morgen?«

Polazzo warf einen letzten Blick auf das Taxi. Es stand vermutlich auch noch morgen an dieser Stelle.

Er versuchte Zeit und Entfernungen zu taxieren. Aber das Lächeln des Mädchens hinderte ihn daran.

Ehrgeiz, Eile und Hektik schienen plötzlich von ihm abzufallen.

Tequila, Carta Blanca, Enchiladas, die Musik, das Lächeln.

Und Polazzo entschied sich für »morgen«, für »mañana«.

Es war heller Tag, aber ohne Scheu wanderten sie Hand in Hand quer über den Platz, vorbei an diesem verschnörkelten Musikpavillon mit seinen gußeisernen Säulen. Tauben hausten unter dem spitzen Dach und flatterten auf.

Das Mädchen führte ihn eine schmale Treppe nach oben.

Die Zimmertüren trugen große Nummern aus Metall, und die Schlüssel hingen daneben an einem Haken.

Sie schloß auf, betrat das Zimmer, wartete auf ihn, unbefangen und heiter. Das Bett war weiß bezogen. Sie ging daran entlang und strich mit einer beiläufigen, fast zärtlichen Geste darüber hin. Dann öffnete sie das Fenster.

Das Tschilpen der Spatzen drang herein und das Gurren der Tauben aus dem Pavillon, ja, und ein Duft nach Blüten.

Vielleicht Akazien, dachte Polazzo und verschloß die Tür.

Das Mädchen trat vor den großen Spiegel mit seinen blinden Flecken und öffnete ihr langes schwarzes Haar.

Sie hatte nur noch Augen für sich und schien Polazzo, der mit seiner Reisetasche immer noch mitten im Raum stand, vergessen zu haben.

Unter ihrer weißen Bluse trug sie einen Büstenhalter mit bunten Schleifchen und üppigen Spitzen — und unter ihren Jeans nichts als diese zart-olivbraun getönte Haut.

Dann widmete sie sich weiter ihrem Haar.

Enrico Polazzo, Wissenschaftler, Mönch und Erfinder, schien vergessen zu haben, was man in solchen Situationen tut.

Sie nahm ihm schließlich die Tasche ab und zeigte es ihm.

Kindlich, verspielt, unbefangen ließ sie sich umarmen.

Polazzo entdeckte wieder die Zärtlichkeit seiner Hände, sein Tastgefühl, die Freude an einer fremden Haut. Helles Olivbraun, die blauschwarzen Spitzen einer Brust, das feste schwarze Haar — und zum Teufel mit »Syntan« und allem Ehrgeiz und Fotokopien und Patenten. Er versank in der Lust dieses Mädchens, in diesem schrillen, fremden Gurren. Atmete tief diesen unbekannten, längst vergessenen, vertrauten Geruch. Genoß dieses Spiel von Muskeln und Nerven. Spürte eine große Welle über sie beide kommen, die sie gemeinsam verschlang, fortriß.

Und dann war Lärm um sie herum, Schwätzen und Lachen und Jubel von tausend Stimmen oder noch mehr. Und Musik. Schrill und grell und voller Spaß. Ein Dutzend Klarinetten. Eine Tuba, Trommeln und Pauken.

Das Mädchen ohne Namen stand am Fenster und sah hinaus auf den abendlichen Platz. Jeder, der heraufblickte, konnte sie sehen, nackt, mit dem Widerschein der trüben gelben Lampen auf ihrer schönen Haut.

Er trat hinter sie, umfaßte ihre Brust, als müßte er sie vor fremden Blicken schützen. Und sie erschrak nicht darüber, sondern dehnte sich ihm entgegen mit einem tiefen Atemzug.

Und unten wogte die Menge, dunkle Gestalten mit den grellen Farbpunkten der Ponchos dazwischen. Mädchen gingen eingehakt zu viert, zu fünft, immer den gleichen Weg an den Gruppen der Burschen vorbei. Die Alten standen am Rand, schwätzten und tranken. Und im hellerleuchteten Pavillon spielten die zwei Dutzend Musikanten.

Da war eine Grenze, ein Fluß, eine Brücke. Und nach einer Fahrt von zehn oder zwanzig Meilen durch versepptes Land war man in einem anderen Kontinent. Eine andere Luft, andere Gerüche, eine andere Sinnlichkeit.

Das Mädchen wandte sich um, wandte sich ihm zu. Sie lächelten sich an, lange Minuten, als müßten sie sich besser kennenlernen, als könnten sie so mehr voneinander erfahren. Dann schmiegte sie sich wieder an ihn. Mit dem Kinn berührte er gerade ihr Haar, so klein, so zierlich war sie.

Und dann klammerte sie sich plötzlich an ihn, als hätte sie Angst, ihn zu verlieren.

Sie liebten sich, bis der Lärm, die Musik auf dem Platz verstummte, bis die Lampen erloschen, Dunkelheit und Stille sie umfingen. Und mit diesem Mädchen im Arm, das keinen Namen hatte, mit dem er kein Wort gesprochen hatte, seit er dieses Zimmer betrat, schlief Polazzo ein.

21

Eine alte, fette Mexikanerin saß unten an der Rezeption und kassierte irgendeinen Betrag in amerikanischen Dollars, der Polazzo nicht interessierte.

Dann gingen sie wieder, das Mädchen und er, Hand in Hand über den Platz.

Der alte, zahnlose Mann polierte immer noch an seinem Taxi und riß den Schlag auf, der nur noch an einem einzigen Scharnier zu hängen schien.

Amerika war weit, hier war es nicht. Hier war eine Art Heimat. Kindheitserinnerungen. Vertraute, romanische Klänge. Hier war Liebe und Zärtlichkeit ohne die Frage nach dem Profit. Hier war Unordnung und Gefühl, und hier war Leben.

So empfand es Polazzo, und er schwor wiederzukommen. Er küßte das Mädchen. Und die beiden Straßenkehrer in ihren städtischen Uniformen, die den Abfall des Abends zu bunten Haufen kehrten, blickten nicht einmal auf.

Er klammerte sich an den Griff seiner Tasche, weil der

Schmerz der Hand ihn ablenken sollte, und stieg über Bierdosen und Popcorntüten in den hintersten Winkel des Wagens.

Die Federn bohrten sich schmerzhaft durch die abgewetzte Plastikhaut des Sitzes. Schon das erste Schlagloch schüttelte den Wagen durch, warf Polazzo gegen den Rahmen der Tür, die nicht zu verriegeln war.

Er klammerte sich an die Lehne der Bank, die lose auf dem Sitz lag und ihm ächzend entgegenkam. Dann hob er die Hand zu einem Gruß.

Das Mädchen stand in der Mitte der Straße und sah ihm nach, hatte aufgehört zu lächeln und rührte sich nicht.

Dort stand sie noch, als der Wagen längst verschwunden war.

Und Polazzo fiel ein, daß er vergessen hatte, sie nach ihrem Namen zu fragen.

22

Nach sieben Stunden erreichten sie Chihuahua, mehr tot als lebendig. Zumindest, was Polazzo betraf.

Der alte Mann ohne Zähne, der sich unterwegs an sein Steuerrad geklammert hatte, wie weiland Käptn Hornblower vor Kap Hoorn, sprang flott und frisch aus dem Wagen wie ein Pennäler nach dem ersten Tanz.

Der Fahrpreis schien nach Polazzos Einschätzung nicht mal die Benzinkosten zu decken. Er gab dem Alten das Doppelte und hatte nun einen Freund fürs Leben.

Den Abend und die Nacht verbrachte er in einem Sperrmüllsessel in der Abflughalle des »Chihuahua International Airport«. Morgens um sechs Uhr fünfunddreißig ging pünktlich auf die Minute die Maschine nach Ciudad Madero/Tampico mit Weiterflug nach Tuxpan.

Sie hatte sechzehn Plätze, und alle waren besetzt.

Der Kopilot ließ die Sperrholztür offen. Hinter ihm saß seine Freundin, vielleicht seine Frau. Er sah sich wiederholt nach ihr um, lächelte sie an, versuchte sie zu beruhigen und von der absoluten Zuverlässigkeit des Unternehmens zu überzeugen.

Das gab Polazzo eine gewisse Hoffnung.

In Tampico wurde aus der aufgeklappten Nase der Maschine ein Postsack entladen. Dann flogen sie weiter. Jetzt war Polazzo allein.

Unter ihnen dehnte sich die Küste des Golfs. In seinem tiefen, schattigen Grün wucherte der Urwald bis dicht an den Strand. Keine Sandburgen, keine Strandkörbe, niemand, nichts. Unerschlossen aus touristischer Sicht, zogen fast zweihundert Kilometer unberührten, weißen Sandes samt Lagunen und Palmengärten unter ihnen vorbei.

Weiße Schaumkronen wanderten auf das Ufer zu.

Polazzo starrte hinaus, geblendet von der Sonne, klammerte sich an seine Tasche, an das Schmuggelgut der Fotokopien und zweifelte plötzlich an seinem Verstand.

Dann tauchten die ersten Bohrinseln auf. Rostigrote Stelzen standen kaum eine Meile von diesen unberührten Stränden entfernt im aufgewühlten Wasser des Golfs, das nun braun war und schlickig. Die weißen Schaumkronen waren verschwunden, die Wellen brachen sich nicht mehr, wanderten wie in Zeitlupe, gebremst und zähflüssig, auf die Bänke der Lagunen zu und hinterließen schwarze Säume im weißen Sand.

Versorgungsboote dümpelten in dieser verschmutzten See. Ein Bündel Rohrleitungen tauchte aus dem Wasser, folgte zerfurchten Pisten parallel zum Ufer, traf auf andere, sich verbindend, überschneidend, verzweigend, und verschwand im aufgewühlten rotgelben Erdreich der breiten Schneisen, die in den Urwald geschlagen waren.

Off-shore-Drilling. Das Paradies hatte seine Grenze gefunden. Die Zivilisation hatte ihn wieder eingeholt.

In Tuxpan hatte sich im Schatten vor dem Flughafengebäude eine deutsche Reisegesellschaft versammelt. Es waren freundliche, laute Menschen, die sich bereits ungemein amerikanisch gaben. Sie hatten eine Exkursion aus Acapulco gebucht und waren quer über den Kontinent geflogen, der an dieser Stelle jedoch angenehm schmal geworden war: sechshundert Kilometer. Das schaffte ein Jet heutzutage in einer Dreiviertelstunde.

Die Busse zu den Ruinen von Tajín fuhren vor, und Polazzo schloß sich an. Die deutsche Reiseleiterin konnte seinem Charme nicht widerstehen.

Eine Stunde bis Poza Rica. Aus dem dichten Urwald leuchteten die Hütten. Am Straßenrand hockten Kinder und verkauften grüne, frische Kokosnüsse, Strohhüte und Coca Cola.

Dann begann die Piste durch den Dschungel. Die Spuren waren tief und ausgefahren. Hier folgte Touristenbus auf Touristenbus.

Nach einer Viertelstunde kamen die Ruinen in Sicht.

Die Verschlüsse der Kameras klickten, obwohl der Bus wie in einer Kreuzsee schlingerte.

Schwärme von Andenkenhändlern überfielen die Neuankömmlinge mit Airport Art und gefälschten antiken Ausgrabungsstücken.

Der Kampf um die einfallenden Heuschreckenherden der amerikanischen, deutschen, skandinavischen Touristen hatte ihre Gesichter stumpf gemacht und unsensibel.

Polazzo brach aus, verließ die Gruppe, schlug sich durch die Phalanx der Händler — und Tajín lag vor ihm. Eine Tempelstadt. Der wuchernde Urwald war zurückgedrängt. Jetzt wuchsen grünüberwachsene Hügel in diese Lichtung hinein, unausgegrabene Kultstätten, die bis heute ihr Geheimnis bewahren konnten.

Aber überragt wurden sie alle von einer bizarren Ruine: einer Stufenpyramide mit unzähligen Nischen. Eine Treppe führte nach oben, steil und brüchig, von schmalen Sockeln unterbrochen, abgeschliffen die Kanten von den Sandalen einer Priesterschaft oder vielleicht eher von den Schuhen einer Armee unermüdlicher Globetrotter.

Polazzo stieg hinauf, blickte in den geradezu unglaublich blauen Himmel, setzte sich, fühlte den kühlen Stein, hörte die klugen Mutmaßungen über Entstehung und Zweck, Baujahr und Größe auf englisch und deutsch, spanisch und weiß Gott wie noch heraufklingen. Er lehnte sich zurück, erfüllt von einer lähmenden, wohltuenden Müdigkeit. Winkte matt der Reiseleiterin zu, ihn in Ruhe zu lassen und ohne ihn abzufahren. Wimmelte Guides und Händler und Schuhputzer ab. Sah die Sonne untergehen. Spürte weder Hunger noch Durst. Legte die Reisetasche unter seinen Kopf und die Pyjamajacke gegen die Moskitos über sein Gesicht.

Hörte die Schreie aus dem Urwald, kehlig und gurrend und schrill, und träumte von einem Mädchen ohne Namen. Erwartete den Tag, der stahlgrau begann, grünlich wurde, ocker, gelb, orange, purpurn und schließlich feuerrot, aufgefächert in Zirren und Federn. Entleerte Darm und Blase in einem Winkel des geheiligten, archäologischen Bezirks. Litt Hunger. Kaufte sich vier Flaschen Coke zu einem Wucherpreis, fade und süß und schäumend. Und wartete.

23

Louis Palm traf gegen Mittag ein. Er stieg aus einem Bus mit französischen Touristen, blickte scheu und irritiert in diese Ruinenlandschaft, drängte sich durch Mitreisende und Händler — und entdeckte schließlich Polazzo oben auf den Stufen der Pyramide.

Palm versuchte sich möglichst unauffällig zu benehmen, er hatte Polazzos Telegramm offenbar auch in den kleinen Andeutungen, die zwischen den Zeilen verborgen waren, richtig verstanden. Er wartete ab.

Als ein Rudel unternehmungslustiger Touristen die Pyramide bestieg, schloß er sich ihnen an.

Stufe um Stufe kam er nach oben. Polazzo beachtete ihn nicht. Als Palm auf gleicher Höhe mit ihm war, blieb er stehen und ließ die Gruppe an sich vorüberklettern. Dann setzte er sich, kaum einen Meter von Polazzo entfernt.

Unten waren weitere Busse eingetroffen, wurde Herde um Herde von Reiseleitern und amtlichen Führern zwischen den überwucherten Ruinenhügeln umhergetrieben.

»Wir haben lange nichts von Ihnen gehört«, begann Palm leise und beiläufig die Unterhaltung.

»Ja«, antwortete Polazzo, »die haben dort auch einiges gegen Kontakte mit der Außenwelt, besonders mit ehemaligen Kollegen. Aber wenn alles so läuft, wie ich rechne ... Noch sechs Wochen, vielleicht acht, und alle werden von mir hören.« Er lehnte sich zurück, hielt das übernächtigte, unrasierte Gesicht in die steilstehende Sonne. »M-1209 war der richtige Weg«, fuhr er fort, »alles andere war Bluff, nichts als Bluff!«

»Sie meinen die Brücke?« Palm lächelte bitter. »Ja, das haben wir weiß Gott bemerkt!« Er sprach, ohne Polazzo anzusehen, denn die Gruppe kam gerade wieder an ihnen vorbei und versuchte den mühsamen und gefährlichen Abstieg.

»Als Aktionäre der IMT sind wir ruiniert«, fuhr Palm fort, als die Touristen außer Hörweite waren. »Wir haben uns schlicht verspekuliert.«

»Warten Sie ab!« Polazzo sah Palm siegessicher an, hatte plötzlich jede Scheu und jede Vorsicht vergessen. »Noch sechs, acht Wochen. Vielleicht auch schon früher. Die werden sofort veröffentlichen. Möglicherweise bereits nach der Pressekonferenz in New York, in der übernächsten Woche . . .« Er rieb sich die Hände, dann fuhr er sich mit dem Handrücken über die Augen, sah wieder zu Palm. »Wir sind durch. *Ich* bin durch!« Er lachte sarkastisch. »Die hatten nichts — absolut nichts. Nichts!« Er schlug mit der Faust gegen die verwitterten Steine hinter seinem Rücken. »Hätte ich nur im Alleingang weitergemacht, damals, im Palais. Sicher, das kostete alles viel Geld. Eine Hochdruckanlage. Extruder für Bleche. Und ein wenig mehr Zeit. Aber dann wäre es unser Stoff. Wir hätten ausgesorgt!« Er machte eine Pause und schaute hinunter, wo sich die Touristenschwärme langsam verliefen. »Was macht unser Patent?« fragte er schließlich.

Palm zuckte die Schultern. »Die prüfen immer noch. Ein Einspruch von dritter Seite. Keine Ahnung, wer dazwischenschießt.«

»Oh, ich habe eine Ahnung!« Polazzo war laut geworden, aber keiner beachtete die beiden Männer, die einsam dort oben auf den Stufen der Pyramide saßen und die Gegend zu betrachten schienen.

»Ich habe eine Ahnung«, wiederholte er. »Die sind sehr geschickt, diese Brüder von der IMT, sehr geschickt, sehr mächtig, sehr gefährlich.« Dann schwieg er wieder. Er fühlte sich unendlich müde und gestreßt. Dieses feuchtheiße Klima. Das Hemd klebte auf seiner Haut. Ungewaschen, unrasiert, stinkend, hungrig. Was sollte das alles ...

»Ich habe Ihr Telegramm also erhalten, Enrico«, begann Palm schließlich, um zur Sache zu kommen. »Sie wollten mich sprechen. Ich hatte das Gefühl, es geht um Leben oder Tod. Ich bin nun hier. Es war eine sehr lange und sehr teure Reise. In der gegenwärtigen Situation fast unerschwinglich für uns, trotz Charterflug im Touristenjet. Also, was gibt es? Ich höre ...«

»Das Patent!« Polazzo stemmte sich gegen Stufen. Der Stein war heiß geworden, glühend heiß, unter dieser senkrechten Sonne. »Ich brauche das Patent! Verstehen Sie?! Nehmen Sie den besten Anwalt. Es eilt. Das muß durch sein, bevor die veröffentlichen!«

»M-1209?« fragte Palm. »Das ist doch vermutlich überholt. Durch Ihre eigene Arbeit bei der IMT.«

»M-1209 ist die Basis! Das sind fünfundneunzig Prozent. Und hier ist der Rest.« Polazzo klappte seine Reisetasche auf, griff hinein, brachte ein dickes Bündel Papier zum Vorschein, die Fotokopien von Notizen, Protokollen, Analysen und Beschreibungen, Laue-Diagramme, die farbigen Bilder mikroskopischer Dünnschliffe, Testergebnisse, Expertisen ...

Er hielt Palm die Papiere hin, ohne Rücksicht auf die vereinbarten Vorsichtsmaßnahmen. Er fühlte sich sicher. Wer sollte ihm schon gefolgt sein hierher in diese Dschungelstadt der Uaxteken? »Hier! Reichen Sie das ein. Schieben Sie das nach. Ergänzung unseres laufenden Antrags: synthetisches Titan! Bleche für Flugzeugbau, Raketen, Satelliten. Titan! Ein Stoff, der von Tag zu Tag knapper wird. Mit Eisen und Stahl, da mogelt man sich noch eine Weile durch. Nicht mit Titan. Damit ist Schluß!«

»Los, nehmen Sie! Stecken Sie's ein!«

Aber Palm hatte keine Tasche, keinen Koffer, hatte keinen Platz für einen Stapel Papiere dieses Umfangs.

Da riß Polazzo Schlafanzug und Rasierzeug aus seiner Reisetasche, warf das alles achtlos hinter sich, legte die Papiere zurück an ihren alten Platz. »Hier. Nehmen Sie alles. Nehmen Sie die ganze Tasche. Gehen Sie zu Ihrem Bus. Es sind nur Touristen da unten. Alles nur Touristen. Das fällt nicht auf . . .«

Aber Palm rührte auch die Tasche nicht an. »Sie wissen, was Sie hier tun?« fragte er.

»Das hier sind meine Ideen!« Polazzo wurde aggressiv. »Meine Entwicklung ist das! Ganz allein! Mein geistiges Eigentum. Reichen Sie das ein. Alles ist vorbereitet. Da sind keine Rückfragen nötig. Vollmachten liegen bei. Alles ist ganz klar. Synthetisches Titan! Ich will das Patent. Das hier ist meine Erfindung!«

Palm schwieg. Er hatte nicht versucht, Polazzo zu widersprechen. Er hätte im hastigen Wortschwall auch keine Chance gehabt. Aber er antwortete auch nicht, als Polazzo längst geendet hatte.

Die Touristen wurden zusammengetrieben. Gruppen und Grüppchen kamen angelaufen, versammelten sich um den Bus.

Hupsignale tönten über den Platz, kamen als Echo vielfältig gebrochen zurück.

Immer noch hielt Polazzo Palm die Tasche hin, aber der rührte sich nicht.

»Gut«, versuchte Polazzo einzulenken. »Ich kann das hinhalten, die Veröffentlichung verzögern. Weitere drei, vier Wochen. Ich habe da gewisse Möglichkeiten . . .«

Aber Palm reagierte nicht.

»Sie glauben mir nicht? Sie glauben nicht, daß es funktioniert?« Er faßte in die Tasche, wühlte scheinbar wahllos einige Papiere aus dem Stapel, Fotos, Röntgenbilder. »Hier, bitte: Laue-Diagramme, die Raster der Kristallgitter im Röntgenlicht. Hier: Schnitte. Die Kristallite im Ionenfeldmikroskop. Die letzten Daten der Materialprüfung. Das Protokoll des Tests im Simulator. Übertrifft Titan an Steifigkeit und mechanischer Festigkeit. Hat nahezu die plastische Verformbarkeit von Aluminium. Nehmen Sie das mit und reichen Sie es ein!«

Aber Palm schwieg.

»Hören Sie, Palm, das ist *mein* Stoff!«

Da schüttelte Palm den Kopf. »Nein! Ich glaube es nicht!«

»Ich schwöre Ihnen, Palm . . .«

Aber Palm unterbrach: »Sie haben einen Vertrag mit der IMT — doch, natürlich, Sie haben einen Vertrag unterschrieben. Sie sind dort angestellt, bei dieser Tochterfirma. Sie haben sich verkauft . . .« Den Einwand von Polazzo ließ er nicht gelten, er sprach nun unbeirrt weiter. »Lesen Sie sich den Vertrag einmal durch. Alle Ergebnisse Ihrer Arbeit gehen automatisch . . .«

»Lächerlich — unmoralisch!« rief Polazzo.

Aber Palm sprach weiter, wurde lauter: ». . . gehen automatisch in den Besitz der Firma über. Sie sind nicht mehr im Blauen Palais. Dort hätten Sie partizipiert. Hier, bei dieser IMT, sind Sie Angestellter, nichts weiter. Sie erhalten Ihren Lohn — aus. Das ist alles. Die USA kennen keine Arbeitnehmerpatente. Wenn ich das hier einreiche, egal wo, unter Ihrem Namen — die IMT wird das anfechten, und mit Erfolg. Die Rechtsprechung ist dann eindeutig gegen uns. Außerdem: Ich spiele nicht den Hehler. Sie sind aus freien Stücken zu dieser Firma in die Wüste gegangen . . .!«

»Ja, richtig! Weil Sie keine Möglichkeiten mehr für mich hatten!« Polazzo atmete schwer. »Aber jetzt . . .!«

»Aber jetzt?« wiederholte Palm und sah Polazzo fragend an. Und als keine Antwort kam, gab er sie selbst: »Wir haben inzwischen weniger Möglichkeiten als zuvor!«

»Aber mit dieser Erfindung hier ...«

Palm winkte ab. »Wir haben weder das Geld, die Sache auszuwerten — noch das Geld, einen Prozeß gegen die IMT zu gewinnen!« Er nahm aus der Tasche seines Hemdes eine dunkle Brille, setzte sie auf. »Das Blaue Palais«, fuhr er fort, »hat nur noch eine einzige Chance — und die ist grotesk: Fahren Sie zurück. Bringen Sie die Sache zu Ende. Wenn die IMT veröffentlicht, wenn das wirklich die Sensation ist, die Sie mir hier versprechen, dann steigen die Aktien wieder, und wir kommen vielleicht mit einem blauen Auge davon. Wir haben uns nämlich verspekuliert. IMT-Aktien im Wert von hundertfünfzigtausend Dollar ohne Wissen des Kuratoriums. Sie sind im Augenblick keine zwanzigtausend wert. Wir dachten, wir könnten uns freikaufen. Die Versuchung war zu groß ...!«

Er stand auf. Die Touristen waren alle im Bus verschwunden. Offenbar hatte man sein Fehlen bemerkt. Der Bus hupte. Die Reiseleiterin entdeckte ihn oben auf der Treppe und rief ihm etwas auf französisch zu. Er winkte zurück.

»Ich muß los.« Er warf Polazzo einen kurzen Blick zu, dann begann er die steilen Treppen hinunterzusteigen, Schritt um Schritt. Nach etwa fünf Stufen blieb er stehen: »Ich dachte, Sie säßen hier unten ernsthaft in der Klemme. Dabei sind Sie in der glücklichsten Lage, die es für einen Forscher überhaupt gibt: Ihre Ideen, Ihre Berechnungen werden greifbar, verändern morgen vielleicht schon diese Welt ...!«

Der Bus hupte erneut.

»Offenbar muß jeder mit seinem Triumph anders fertig

werden!« sagte Palm zum Abschluß.

Polazzo nickte nur. »Offenbar, ja. Danke, daß Sie gekommen sind!«

»Der Einfall, mich zu diesen Ruinen zu bestellen — nun, Sie waren ja immer sehr kreativ, Enrico. Ach ja, und Grüße von Yvonne. Sie wäre gerne mitgekommen!« Damit wandte er sich endgültig ab und stieg hastig nach unten.

24

Wahnsinn, das alles!

Heller Wahnsinn! Er war zweitausend Kilometer gereist für dieses Gespräch, für diese fixe Idee.

Er hatte Palm herbeizitiert quer über den Atlantik.

Ehrgeiz, verletzte Eitelkeit. Eine sinnlose Unternehmung.

Was nutzt ein Patent, wenn man es nicht in Profit verwandeln kann, in Kapital, in Macht? Und was nutzt ihm, Enrico Polazzo, Kapital und Macht und Profit ohne Markt, ohne Auswertungsmöglichkeit, ohne Lobby, ohne diesen Giganten IMT?!

Selbstüberschätzung, Hochmut, Überheblichkeit, Größenwahn ... Ein Denkmal für den genialen Erfinder von Syntan, den Retter unserer technischen Zivilisation.

Ein mörderischer Jagdbomber bekam eine neue Haut, und die Aktienkurse der IMT werden steigen. Und ein gewisser Enrico Polazzo hatte fünfhundert schlaflose Nächte, lebte wie ein Mönch, ließ sich isolieren und einsperren wie die Helden von Alcatraz. Und nun schrie er nach einem Patent.

Vermessenheit.

Er stand auf, um zu pissen, aber die Händler dort unten, die Bärenführer mit ihren dienstlichen Mützen, waren längst aufmerksam geworden auf ihn. Ein Irrer saß dort oben Stunden um Stunden und starrte herunter auf sie, hockte in der sengenden Sonne, ohne Wasser, ohne Nahrung. Ein übriggebliebener Tourist? Ein Globetrotter, dem das Klima den letzten Rest an Verstand geraubt hatte?

Wahnsinn, das alles. Heller Wahnsinn!

Mit schlotternden Knien stieg er die Stufen hinunter, in der einen Hand die Reisetasche mit dem Schmuggelgut. Mit der anderen stützte er sich an den Kanten der Treppen ab.

Schweißgebadet kam er unten an.

Keiner belästigte ihn. Weder mit falschen Tonfiguren noch mit falschen Fakten der Uaxteken-Epoche stellte man ihm nach.

Das Cola in der Kiste hatte annähernd Siedetemperatur erreicht. Der klebrige, süße Schaum spritzte ihm ins Gesicht, sprühte über die dunkle Brille, über das schweißnasse, stinkende Hemd.

Ein englischer Reiseleiter nahm ihn schließlich am Arm und schob ihn in seinen Bus. Die alten Damen rümpften die Nase, aber in Poza Rica flüchtete er ohnehin.

Er wusch sich am verdreckten Wasserhahn im Vorraum eines öffentlichen Pissoirs. Das einzige Hotel war besetzt. Per Anhalter reiste er nach Tuxpan. Es war tiefe Nacht, als er dort eintraf. Für einen Dollar fand er ein leeres Zimmer mit einer Matratze. Die fette junge Mexikanerin, die ihm ihre Dienste anbot, warf er hinaus. Auch den Jungen, den sie ihm schickte. Irgend etwas braucht er wohl, der Mensch, schien sie zu denken. Später, als er satt und träge auf der Matratze im unbeleuchteten Zimmer dieser Absteige saß und aus dem tiefliegenden Fenster schaute, sah er sie wieder herumstehen. An der Ecke gegenüber sprach sie Soldaten an, die in braunen Uniformen rudelweise vom Hafen kamen.

Vielleicht hätte er reden sollen mit ihr. Irgend etwas reden. Wie man lebt in dieser Stadt, wie viele Kinder sie hat von wie vielen Vätern, was sie so nimmt für einen flüchtigen Fick und was Penicillin in dieser Ecke des Landes so kostet?!

Dann sah er das Feuer.

Der rote Widerschein flackerte über die flachen Dächer, über das obere Stockwerk der Häuser, brach sich an den weißen Mauern. Die schmutzigen Scheiben spiegelten und vervielfachten die Flammen.

Der Seewind trieb den süßlichen, brandigen Geruch herüber in die Stadt. Schwefel und Öl statt der satten Düfte von Blüten und Tang und Meer. Und die gigantische Raffinerie hinter dem Hafen mit ihren tausend grellen, blauen Lichtern lag in der Schwärze dieser Tropennacht wie der Vergnügungspalast auf einem Rummelplatz. Einladendes, verführerisches Talmi. Und hoch darüberhin, beziehungslos, wie von Geisterhand dorthin gesetzt, loderten diese vier riesigen Fackeln.

Sie züngelten im Gleichtakt, vom Wind verweht, stumm, ohne jedes Geräusch. Polazzo glaubte das Prasseln der Flammen zu hören, das Knistern und Wabern dieses Brandes. Aber da war nichts zu hören. Alles nur ein Spuk. Ein Pfingstsymbol stieg in den heißen Himmel. Aber es war eher ein Spuk des Teufels. Fata Morgana, Spiegelung. Protuberanzen lösten sich ab, Flares, schwebten davon und erloschen. Und es fiel ihm schwer, den Blick von diesen vier Feuerzeichen in ihrer unendlichen Formenvielfalt zu wenden.

Straßenmusikanten zogen unten vorbei, bauten an der Ecke des Häuserblocks ihre Instrumente auf, eine riesige Marimba, ein Xylophon mit leeren Kalebassen, gurkenförmigen Kürbissen unter den grobgeschnitzten Holzscheiten. Dazu Trommeln, Bongos, alle Größen, Tonlagen, hart und röhrend. Eine Gitarre fiel ein, eine Klarinette. Dann schmetterte eine blecherne Trompete durch die Schluchten der engen Gassen und kämpfte an gegen den brandenden Verkehr mit seinen tausend nervösen Hupen.

Polazzo legte sich zurück. Der Lärm von unten, dieses Brodeln und Schwätzen und Schreien, die Musik mit ihrem vielfältigen Echo, das war wie gestern nacht — oder war es vorgestern gewesen? Oder wann zum Teufel? Diese lange, heiße Nacht mit diesem Mädchen ohne Namen?

Er rechnet — Tage — Nächte — Stunden. Er versuchte es wenigstens. Der große Ventilator an der Decke drehte sich leise und schaffte es nicht, die feuchtheiße Luft zu bewegen oder eine Spur erträglicher zu machen.

Er stürzte sich in die kühle Flut, glasklares Wasser, bunte Kiesel am Grund. Er trank und trank. Aber sein Durst war nicht zu löschen, seine Hitze nicht zu kühlen.

Er stand auf der Spitze der Pyramide und schleuderte die Syntan-Papiere in den Wind, Blatt um Blatt. Bamberger stand hinter ihm und lachte. Und auch Palm. Und die beiden fielen sich in die Arme und tanzten.

Das war zuviel, offenbar, und er wachte auf.

Durch den unbeleuchteten Flur tastete er sich hinunter in die Bar.

Die Männer am Tresen in ihren stinkenden, ölverschmierten Overalls der Firma Petromex wurden aufmerksam und still. Petroleros. Arbeiter der Raffinerie, herübergeschippert von einer dieser Bohrinseln, Fahrer der gigantischen Raupen, die die Schneisen in den Urwald schoben und die Rohre der Pipeline versenkten.

Ihre silberglänzenden blauen, gelben Schutzhelme trugen sie wie Statussymbole. Die Indiogesichter unter den zerfaserten Strohhüten, diese ausgemergelten Körper in ihren zerfetzten Unterhemden und Jeans waren durch die Elite der neuen Industriegesellschaft in den Hintergrund gedrängt.

Polazzo kaufte sechs Flaschen Bier, gut gekühlt, und glaubte sich gerettet. Er hielt eine der Flaschen an die Stirn und schloß die Augen vor Lust. Aber den Zehn-Dollar-Schein, mit dem er bezahlen wollte, konnte keiner wechseln.

Er erklärte öffentlich und etwas zu laut, daß er kein Gringo sei, sondern Italiener. Ein alter Mann applaudierte. Ein anderer umarmte ihn stumm.

Der Wirt gab die zehn Dollar zurück und schrieb an.

Es ist schön, Freunde zu haben und sechs Flaschen kühles Bier.

Er öffnete die erste Flasche und setzte sie erst ab, als sie leer war. Dann lud er alle ein, zu Tequila und Bier und Pulque, bis die zehn Dollar, die der Wirt nun ohne Widerstand nahm, verbraucht waren.

Ein Polizist kontrollierte seinen italienischen Paß und suchte seinen Namen im Fahndungsbuch. Es war zwei Jahre alt, und der Wirt half ihm suchen, auch zwei andere, schließlich auch er.

Der Polizist trank schließlich mit und übergab das Fahndungsbuch dem Wirt zur Aufbewahrung. Dann begann er zu tanzen, mit einem Blütenzweig in der Hand, ernst und feierlich. Und der Blütenzweig war aus Plastik und steckte ursprünglich vor dem kleinen Marienaltar in der Ecke in einer mit Muscheln beklebten Vase.

Die Musiker kamen dazu und bauten ihre Instrumente

wieder auf. Die Schlegel flogen über die Holzscheite der Marimba, trommelten gegen die Felle im Wettstreit mit Fingerspitzen und Knöcheln. Und die Klarinette tschilpte und jubelte, und der Laden füllte sich mit Männern von der Straße, bis keiner mehr Platz fand. Sie tranken ihren Tequila, ihr Bier, ihr Pulque mit winzigen, diszplinierten Schlucken. Der Wirt spülte die Gläser ab, tauchte sie kurz in einen Eimer mit trübem Wasser und füllte sie neu.

Falsch: Es gab immer noch Platz. Und immer noch kamen Männer herein, betrachteten lange und mit stolzem Ernst den Fremden, erhielten Erklärungen und stießen mit ihm an. Da kam der Wirt um den Tresen herum, gab Polazzo die zehn Dollar zurück und umarmte ihn.

Das Fest fand kein Ende.

Irgendwann stand die fette Hure in der offenen Tür, grinste Polazzo vertraulich an, aber über die Schwelle wagte sie sich nicht. Es war ein Fest nur für Männer.

In Italien hätte nun einer angefangen zu singen, die anderen wären eingefallen. Aber hier blieben sie stumm, tanzten vielleicht ein paar Schritte, umarmten einander spontan und ohne ersichtlichen Grund, tranken und schwiegen.

Und dann gingen sie. Ohne Gruß, ohne Blick. Einer nach dem andern. Es gab keine Übereinkunft. Sie gingen, wie sie kamen. Der Raum leerte sich, der Wirt stellte die Flaschen zurück, spülte die letzten Gläser und löschte das Licht.

Polazzo tastete sich wieder nach oben, fand die Tür, die Matratze. In spätestens drei Wochen würde er eine Hepatitis haben, das Spülwasser, die Gläser. Da hätte er auch mit der Hure schlafen können, seinen Durst löschen am Wasserhahn, draußen auf dem dunklen Flur.

Jeder kam einmal an jenen Punkt, wo ihm Tod oder Leben gleichgültig sind, wo er sich zwischen Wachen und

Schlafen nicht mehr entscheiden kann. Wo er sich der Dunkelheit hingibt, der Nacht. Dem Alkohol in seinem Hirn. Der feuchten Hitze. Einer sanften Übelkeit. Und dem Zweifel.

Dem Zweifel an sich, an seiner Existenz, an Zukunft und falschen Hoffnungen, an Einmaligkeit und Genialität und an diesem verdammten, gequirlten Scheiß, den man Karriere nennt.

Er ließ sich rasieren. Das frühe Licht erfüllte den kargen Raum des Barbiers, der unaufhörlich mit ihm sprach. Neugierige standen in der offenen Tür und bestaunten ihn. Die Tasche hatte er zwischen die Knöchel der Füße geklemmt. Rasierapparat und Schlafanzug waren unauffindbar verschwunden, lagen vermutlich achtlos hingeworfen in einer der Nischen auf der Stufenpyramide von Tajín. Aber er hatte keine konkrete Erinnerung mehr daran, nur Spuren einer Ahnung.

Er wanderte über den Markt. Früchte und Düfte und tausenderlei Kram, billiger Tand, Jeans und Büstenhalter, Ponchos, Hühner mit zusammengebundenen Füßen, an Stangen, mit ängstlichen Augen. Zauberzeug und Medizin. Maismühlen und Heiligenbilder. Der Tod als Skelett: gemalt, in Ton gebrannt, geschnitzt. Bizarre Särge, Kreuze, Teufel mit Trompeten und Trommeln. Und ein Chor aus über tausend schwätzenden, lachenden, rufenden, anpreisenden Stimmen.

Polazzo ließ sich die Schuhe putzen: ein Herr, den Diener zu seinen Füßen. Klammerte sich immer noch an diese Tasche mit der zu Papier gewordenen Idee. Nahm ein Taxi zum Flugplatz, flog nach Tampico, nach Torreón, nach Chihuahua, nach Ciudad Juarez. Zeigte dem US-Zöllner, der auf der Brücke der Freundschaft ihn und das Taxi kontrollierte, bereitwillig seine geöffnete Tasche.

Nein, keine Früchte, keine Lebensmittel, nichts, was das hygienische Amerika verseuchen könnte. Auch keine Zigaretten, nein, kein Tequila und keine illegalen Arbeitskräfte im Kofferraum.

Fuhr durch das morgendliche El Paso, Schnellstraßen in fünf Etagen übereinander. Highways und Business, Rush Hour. Alles strebte diszpliniert und einsam zu den fünfhunderttausend wohlorganisierten Arbeitsplätzen. Banken, Hotels, IBM, General Motors, Supermärkte, Tankstellen, Tankstellen in langer Reihe, Werbung und Stauung, Rotlicht, Ambulanzen, Hektik, Nervosität, der Überlebenskampf. Amerika oder, besser, die Vereinigten Staaten hatten ihn wieder.

25

»Mr. Polazzo — bitte, kommen Sie mit?« Der Security Officer nahm Polazzo die Tasche mit den Fotokopien ab und begleitete ihn hinüber zum Wachgebäude.

Er war mit dem mexikanischen »Border Taxi« bis dicht vor den Schlagbaum gefahren, hatte seine rote Karte vorgezeigt und war bereits fünfzig Schritte innerhalb des Sperrgebiets, als er angerufen wurde.

Zwei »CQ«-Leute standen in der offenen Tür des Postenhauses und sahen ihn an. Der Offizier kam persönlich zu ihm und ließ sich noch einmal den Ausweis zeigen. Dann bat er Polazzo, die Tasche zu öffnen. »Sie haben die Papiere mit nach draußen genommen?« fragte er beiläufig.

»Ich habe daran gearbeitet«, antwortete Polazzo. »Ich

arbeite immer daran«, fügte er hinzu, »auch an freien Tagen.«

»Auch in Mexiko?« Der Offizier sah ihn prüfend an.

»Auch in Mexiko, ja!«

Polazzo hatte den Eindruck, der Fall sei damit erledigt. Er schloß die Tasche, wollte den Weg zu seiner Unterkunft fortsetzen.

Da nahm ihn der Sicherheitsoffizier sehr vorsichtig, sehr höflich am Arm. »Bitte, kommen Sie mit!«

Ein weiblicher Sergeant mit weißen Handschuhen stapelte Polazzos Papiere auf einen Tisch.

Im Nebenraum telefonierte der Offizier.

Polazzo konnte ihn durch das Drahtglasfenster beobachten, das in die Metalltür eingelassen war. Hören konnte er ihn nicht. »Man wird sie abholen«, erfuhr er, als der Offizier zurückkam.

Polazzo wartete draußen. Es war Abend geworden, das »Gate« lag ausgestorben, die Wachtposten standen untätig herum, lehnten sich gegen den Schlagbaum und schwätzten.

Von innen näherte sich langsam ein Wagen. Die Scheinwerfer blendeten durch die Dämmerung. Das Abholkommando, dachte Polazzo, aber es war ein Pickup-Truck, der einen Wohnwagen zog, einen silberglänzenden Jetliner, der auf seiner metallischen Außenhaut die Farbenspiele des Abendhimmels reflektierte.

Den gleichen Wohnwagen besitzt McLean, dachte Polazzo.

Da hatte sich der Wagen dem Postenhaus und der weißen Grenzlinie auf zwanzig Schritte genähert, und der Fahrer schaltete weisungsgemäß die Innenbeleuchtung ein.

Der Fahrer *war* McLean. Neben ihm in dem alten Pickup-Truck saß Nancy.

»Hallo, Enrico ...!« McLean hatte Polazzo erkannt und winkte ihm aus dem offenen Wagenfenster zu.

»McLean?« Er kam näher. »Ihr fahrt in Urlaub?«

»Wir ziehen um!« McLean hatte wieder seinen alten Cowboyhut auf und schob ihn in den Nacken. Und trotz der dämmrigen Stunde nahm er seine dunkle, verspiegelte Brille nicht ab.

McLean hatte deutsch gesprochen, wie damals, als Polazzo angekommen war, und seither niemals wieder. Und auf deutsch fuhr er nun fort: »Zuerst geht es zu den Schwiegereltern nach San Diego. Dann sehen wir weiter.«

»What?« fragte Nancy, die kein Wort verstanden hatte.

Aber McLean antwortete ihr nicht. Er sah sich zu dem riesigen Truck um, der mit kreischenden Bremsen hinter ihm gehalten hatte.

Der Fahrer übergab den herbeigeeilten »CQ«-Leuten seine Papiere.

»Wenn du hier gewesen wärst, Enrico«, fuhr McLean nach einer Weile fort, »vielleicht hättest du etwas tun können für mich.«

Er lächelte schmerzlich. »Zu spät!«

Der Wagen hinter ihm hupte.

»Ich muß weg, blockiere sonst die Ausfahrt!«

Erst jetzt schien Polazzo voll verstanden zu haben, was hier vor sich ging. »Schluß hier? So schnell? So überraschend?«

»Oh, eine Woche ist eine lange Zeit, da kann viel passieren. Da gibt es in der Verwaltung Leute, die nehmen ihren Stuhl mit in den Urlaub. Sonst sitzt ein anderer darauf, wenn sie wiederkommen!« Er lachte und wollte unbedingt beweisen, daß er seinen Humor nicht verloren hatte. »Ja, Enrico, du siehst, du warst zu tüchtig!« Er reichte ihm die Hand. »Die haben jetzt, was sie wollen, und lösen den Laden langsam auf.«

Polazzo nickte. »Ich bin schuld, ja?!«

Aber McLean winkte großzügig ab. »Die Verhältnisse!« Und nach einem kurzen Seitenblick auf Nancy fügte er hinzu: »Vielleicht waren wir auch einfach lausige schlechte Bewacher!« Er tippte an die abgegriffene, breite Krempe seines Hutes und fuhr los.

»He — wart mal!« Polazzo lief einige Schritte neben ihm her, bis zum geöffneten Schlagbaum. »Kann ich dir irgendwie helfen? Bekommst du jetzt Geld? Eine Abfindung? Unterstützung?«

Wieder lachte McLean, aber diesmal klang es sarkastisch: »O Mann, wir sind doch hier nicht in Europa . . .!«

»What about?« fragte Nancy, die bisher nur ahnen konnte, worum es ging.

»The American Way of Life . . .!« Damit fuhr McLean endgültig los und verschwand schließlich auf der schnurgeraden Straße als heller, glitzernder Punkt in der anbrechenden Wüstennacht.

Drei Minuten später kam Bambergers Wagen vorgefahren, um Polazzo abzuholen.

Ein »CQ«-Mann fuhr mit und schleppte die Tasche mit den konfiszierten Papieren. Die stellte er in Bambergers Büro auf einen Tisch neben Eisbox und leere Cola-Flaschen und lehnte sich während der nun anbrechenden Konversation gegen die gelbgestrichene Wand, ohne Tasche und Polazzo aus den Augen zu lassen.

»Hallo, Enrico . . .«

»Hallo, Dave . . .«

Diesmal funktionierte die Klimaanlage ohne Zweifel, aber auf Bambergers Stirn glitzerten wieder feine Tröpfchen.

»Setzen Sie sich, Enrico.« Er machte eine entsprechende Handbewegung und lehnte sich in den ächzenden, wippenden Stuhl zurück. »Wie war der selbstgenehmigte Urlaub?« wollte er wissen.

Aber Polazzo ging nicht darauf ein. Er deutete mit dem Daumen hinter sich auf den Wachtposten und fragte: »Was will der noch?«

Aber darauf ging wiederum Bamberger nicht ein. »Offen gesagt«, begann er mit ausgesuchter Freundlichkeit, »mich interessiert es nicht, was Sie da in Ihrer Tasche an fotokopierten, vertraulichen und geheimen Papieren durch die Gegend schleppen. In Mexiko gekauft werden Sie das Zeug wohl nicht haben . . .«

»Kaum . . .« antwortete Polazzo.

»Und mitgenommen, um im Urlaub zu arbeiten, wie Sie es dem Sicherheitsoffizier weismachen wollten . . .« Er grinste ölig. »Sie haben alte Freunde getroffen, habe ich recht?« Er lehnte sich zurück.

Der Stuhl ächzte gewaltig und schien zu kippen. Aber Bamberger ließ sich vertrauensvoll in die Endposition fallen und legte die Beine auf eine geöffnete Schreibtischschublade. »Ach, wissen Sie, Enrico«, begann er schließlich, »mit uns legt sich keiner gern an. Ich bitte Sie, was heißt *uns*? Ich bin nicht die IMT. Ich sitze hier nur so lange, wie man mich brauchen kann. Und solange ich einwandfrei funktioniere . . .« Wie üblich wischte er sich den Schweiß von der Stirn und warf das Kleenex zerknüllt in den Plastikkorb neben Polazzos Bewacher.

»Seien Sie vorsichtig, Enrico«, nahm er das Thema wieder auf. »Die haben ihren eigenen CIA. Die sind überall. Worldwide, mein Freund!« Er lächelte Polazzo an, machte eine Pause, bevor er fortfuhr: »Noch passiert Ihnen nichts! Ihr Know-how ist zu wichtig!«

»Das Ziel ist erreicht«, stellte Polazzo lakonisch fest, »ich kann gehen!«

»Ziel?« Bamberger lachte schallend. »Unser Auftrag lautet: Entwicklung synthetischer Werkstoffe. Ein unendliches Gebiet! Aber einen Etappensieg können wir verbuchen. Ich habe eben mit New York gesprochen: Der Präsident will Sie sehen!«

»Der Vereinigten Staaten?«

»Der Präsident der IMT«, korrigierte Bamberger. »Und zwar morgen früh um neun, New Yorker Zeit.«

»Privataudienz beim Präsidenten?!« Polazzo schien befriedigt. Sein Protest, seine Flucht waren offenbar richtig verstanden worden. Man begann ihn zu akzeptieren.

»Executive-Sitzung!« schwächte Bamberger ab. Dann stand er auf, was ein gewaltiges Unterfangen war. »Ich wußte, Enrico, Sie kommen rechtzeitig wieder zurück!« Er nahm ein verschlossenes gelbes Kuvert vom Tisch, dann kam er auf Polazzo zu, der sich nun ebenfalls erhob. »Der Sicherheitsoffizier bringt Sie zur letzten Maschine. Kurz vor Mitternacht. Viertel vor zwölf. Umsteigen Dallas/Texas zwo null fünf.«

»Heute nacht?«

»Ja, in zwanzig Minuten müssen Sie los.« Er sah auf seine Uhr. »Tut mir leid. Die haben etwas mit Ihnen vor. Und wir sehen uns mal wieder, ja? Wäre doch möglich, oder?!« Er reichte Polazzo die Hand. »Und mich hat es gefreut, wirklich. Danke, Enrico. Und viel Glück!«

Dann übergab er ihm noch das kleine, gelbe Kuvert. »Das ist für Sie!«

Es war keine Prämie, kein Scheck, kein Bargeld. Aus dem Kuvert fiel, als Polazzo es auf dem Gang aufgerissen hatte, eine überdimensionale Anstecknadel: das Emblem der IMT, geprägt aus metallisch glänzendem Syntan.

Darunter war eingraviert: »ENRICO POLAZZO, Chief of Extrication — Leiter der Entwicklungsabteilung.«

26

Nachtflug.

Unter ihm schliefen Oklahoma, Arkansas, Missouri.

Er flog erster Klasse, und die beiden Stewardessen bemühten sich um ihn wie um den Präsidenten der eigenen Fluglinie. Illinois, Indiana, Ohio.

Er war in diesem Compartment der einzige Passagier.

West Virginia, Pennsylvania, New Jersey.

Flaschenbatterien standen für ihn bereit, aber Polazzo trank keinen Tropfen. Ein Bier zum Essen, Kopfkissen, Decke.

Er war ausgebrochen, hatte sich seine Freiheit genommen. Okay. Aber morgen war vielleicht der wichtigste Tag seiner Karriere. Das erforderte Disziplin.

Als die Maschine im frühen Morgenlicht im Landeanflug über dem Hudson kreuzte, war Polazzo bereits wach und konzentriert und von einer aggressiven Gespanntheit.

Die Stadt aller Städte, Megalopolis, lag unter ihm, lag neben ihm, die Skyline zum Greifen nahe. Sie flogen die Westside entlang, schwenkten ein in die Schluchten Manhattans über Haarlem. Die ersten Wagenkolonnen stauten sich. Die Kolonnen roter Lichter füllten die Straßen.

Es knackte in den Ohren, die Musik mischte sich in das Röhren der Düsen.

New York — IMT — ich komme!

Und über dem dunklen Wasser der Flushing Bay schwebte der Jet auf der ihm zugewiesenen Landepiste ein.

Rush Hour.

In der mittleren von drei Spuren schob sich das gelbe Taxi mit Enrico Polazzo, Chief of Extrication, auf die Brücken Manhattans zu.

Sie überquerten den East River im Schrittempo auf der oberen Fahrbahn der Queensboro Bridge. Die Sonne, die tief hinter ihnen über Long Island stand, tauchte die Skyline der Eastside in ein märchenhaftes goldgelbes Licht.

Durch die Häuserschluchten Midtowns fuhren sie hinunter:

Lexington Avenue bis zur 23. Straße.

Dort, am Madison Square, lag das Hauptquartier der IMT.

Das Gebäude stammte aus den dreißiger Jahren. Es hätte von seiner faschistisch-brutalen Architektur her genauso gut in Rom stehen können, in Moskau oder Berlin. Nicht nur die Ideologie, auch der Zeitgeist hinterläßt so seine Spuren.

Jetzt waren die hellen, aufeinandergetürmten Quadern von schwarzen, nach unten auslaufenden Flecken der Verwitterung überzogen. Von allen Seiten strömten die Mitarbeiter dieses Konzerns — allein in diesem Gebäude waren es über 14000 — in Scharen auf die Haupteingänge zu. Die Drehtüren rotierten.

Polazzo stand unschlüssig, befestigte das Emblem der Firma, das ihm so indiskret in schwarzoxydiertes Kupfer getrieben von der Fassade entgegenleuchtete, am Revers seines Jacketts.

Chief of Extrication.

Enrico Polazzo.

Die Lobby, die Halle, hätte der Stazione Termini alle Ehren gemacht. Man suchte instinktiv nach der Abfahrtstafel der Züge.

Aber statt der erwarteten Bahnsteige gab es Dutzende von Aufzügen zu den verschiedenen Etagengruppen.

Eine Sektion war durch rote Kordeln von den übrigen getrennt, die das Fußvolk nach oben schaufelten. Eine farbige Hostess sortierte die Leitböcke aus der Herde der Schafe: »Executive only . . .«, rief sie in die Menge. »Nur für die Bosse des Managements.«

Polazzo fand kraft seiner Anstecknadel Gnade vor ihren Augen und wurde einem der Sonderlifte zugeteilt.

Inmitten sämtlicher Rassen und Farben, die das Imperium der IMT aufzuweisen hatte, drängte er sich als letzter in die Kabine, bevor sich die in Chrom getriebenen Ornamente der Lifttüre geräuschlos vor ihm schlossen.

Achtundachtzigster Stock. Konferenzsaal der Executives.

Alle trugen sie ihre gigantischen Anstecknadeln mit Namen und Titel, und keiner sah dem anderen mehr ins Gesicht. Die Visitenkarte war wichtiger geworden als der Ausdruck, als die geheimen Signale, die wir als Sympathie und Antipathie, als Interesse und Desinteresse registrieren.

Chiefs of Extrication, das war Polazzos erster Schock, gab es hier wie Sand am Meer. Die wurden von Ordnern, die über geheime Informationen zu verfügen schienen, in die hintersten zehn Reihen des Auditoriums verfrachtet.

Adrette Mädchen in grauschwarzen Kostümen verteilten Mappen mit gedruckten Anweisungen, Mitteilungen, Informationen — in sieben Sprachen.

Nach dreißig Minuten hatte sich der Saal bis auf den letzten Platz gefüllt — mit Ausnahme des langen Tisches an der Stirnseite. Dort nahm nach einem stilechten, achtungsgebietenden Auftritt das Executive Board, das Gremium der Geschäftsführung, Platz.

Als letzter erschien ein Herr mit grauen Schläfen und

mit randloser Halbbrille, den vier junge Referenten begleiteten.

Er ließ sich erschöpft in den einzigen freien Sessel in der Mitte des Tisches fallen, lächelte nach allen Seiten, nickte hierhin, dorthin, begrüßte, schüttelte Hände, während die vier Referenten dicht hinter ihm Stellung bezogen.

Ein Gong ertönte. Der Präsident war zur Stelle, die Vorstellung konnte beginnen. Der Sprecher der Geschäftsleitung zog das Mikrofon zu sich und kam ohne große Umschweife zur Sache.

In knapp zwanzig Sätzen war das Produktionsprogramm SYNTAN umrissen. In weiteren vierzig Sätzen wurden die Aufgabenbereiche der einzelnen nationalen Tochtergesellschaften skizziert.

Dann folgten die detaillierten Anweisungen an die einzelnen Firmen und deren Vertreter.

Für ausländische Mitarbeiter, die des Englischen — so etwas gab es bisweilen, wenn auch selten — nicht mächtig waren, kamen die Stimmen ihrer Herren simultan übersetzt über Kopfhörer aus verglasten Boxen, die ein Stockwerk höher rund um den Saal eingebaut waren.

Sydney, Australien, erhielt, dies nur als Beispiel, die Auflage, daß die Produktion von Syntan spätestens zum 30. Oktober des nächsten Jahres anzulaufen hätte.

»Glauben Sie, daß dies möglich sein wird, Sir?« fragte der »Speaker« rhetorisch. Und ohne auf Antwort zu warten, fuhr er fort: »Sie wissen ja, vieles hängt davon ab. Was meinen Sie?«

Der Vertreter der australischen Tochter zog ein Mikrofon zu sich und bestätigte den Termin und die Möglichkeit des Produktionsbeginns in Sydney und Auckland.

Dann kam Japan an die Reihe. Ein Mister Akashi und ein Mister Rowland wurden aufgerufen. Sie hoben die rechte Hand und meldeten sich zur Stelle. Der 25. März galt als vereinbarter Produktionsbeginn, ein knappes Jahr Zeit für den Endausbau der Anlagen und für den Probebetrieb.

Der Japaner und sein US-Partner hatten keine Einwände. Die Herstellung von Syntan sollte an keinen Terminproblemen scheitern.

Polazzo hielt den Atem an. Träumte er oder nicht? Es ging hier um Syntan, um einen Stoff, den er entwickelt hatte, der erst seit wenigen Monaten in seiner jetzigen, nur vorläufigen Form existierte. Und hier wurden bereits die Produktionstermine in teilweise im Endausbau befindlichen, teilweise fertiggestellten Anlagen disponiert.

Seit wann wußte man denn, daß er erfolgreich sein würde? Seit wann plante und konstruierte und baute man denn? Auf gut Glück, in der Hoffnung auf ein Gelingen?

Er kam nicht sehr viel weiter mit seinen Überlegungen. Sein Name war aufgerufen worden, allerdings in einem nicht sehr exklusiven Zusammenhang.

»West Germany ...«, rief der Speaker. »Mr. Schlesinger, Mr. Bird, Mr. Kreile, Mr. Schmitz, Mr. Polazzo ... Sind Sie anwesend?«

Alle waren anwesend. Alle saßen mit Polazzo in einer Reihe.

Er kannte keinen von ihnen. Es waren die Geschäftsführer einer neugegründeten Produktionsanlage, der Deutschen Syntan AG. Polazzo hatte lediglich das Entwicklungslabor unter sich.

Der Erfinder von Syntan, abgefunden mit einem mittelmäßig dotierten Posten, irgendwo in Europa. Wer kennt schon Brunsbüttel an der Elbe ...

»Die Anlage ist bereits im Bau«, verkündete der Speaker. »Die Produktion von Syntan läuft am 15. April nächsten Jahres in der ersten Ausbaustufe an.«

Die Herren zur Linken von Polazzo nickten zustimmend.

»Eine Betriebsgenehmigung liegt bis zu diesem Zeitpunkt vor!« versicherte Mr. Schlesinger.

»Alles okay? Noch irgendwelche Fragen?« Es war eine Routine-Floskel des Sprechers. Denn alles hatte geklärt zu sein. Fraglos. Einzelheiten und Probleme waren außerhalb dieser heiligen Hallen zu lösen.

Nur: Polazzo kannte diese Spielregeln nicht. Er meldete sich zu Wort, trat auf ein Zeichen des Speakers hinaus auf den Gang zu einem der Mikrofone. »Okay, natürlich, alles ist klar«, bekannte er. »Nur — bevor wir jetzt in die Produktion gehen, mit Syntan, in die Massenproduktion, sind da noch einige Probleme zu lösen: die Reinigung der Abluft von Fluorwasserstoff . . .!«

»Dann lösen Sie die Probleme!« Das kam schneidend und endgültig vom Tisch des Executive Board. Der Speaker lächelte verbindlich und fuhr fort: »Sie haben ja bis zum 15. April nächsten Jahres Zeit. Danke, Mr. Schlesinger, danke, Mr. Bird . . .«

Der Fall war erledigt.

Polazzo schwieg. Entgeistert stand er noch einige Augenblicke am Mikrofon.

Großbritannien wurde aufgerufen, ein Mr. Carmel, ein Mr. Fulbright, ein Mr. Knight.

Dann schlich er zurück zu seinem Platz.

Die Herren zur Linken, Mr. Schlesinger offenbar, Mr. Bird oder wie immer sie hießen, die in Zukunft seine Vorgesetzten sein würden, sahen sich an und beobachteten ihn, bis er sich setzte.

»Troublemaker«, heißt so etwas in Amerika. Ein Mann, der Ärger macht. Und von »Troublemakern« trennt man sich am liebsten zum nächstmöglichen Termin.

27

Er war wie benebelt.

Das »Briefing« der Syntan-Gruppe der IMT dauerte sechs Stunden. Der stets lächelnde, joviale Präsident hatte kein Wort gesagt, verabschiedete sich noch während der Sitzung, ein Winken hier, ein Händeschütteln dort, und verließ unter dem Applaus des Auditoriums mitsamt seinen Referenten den Saal.

Er hatte es eilig. Die Pressekonferenz im Waldorff-Astoria: »Syntan — der neue Superstoff — superleicht — superhart — superelastisch — ein Produkt der IMT« begann pünktlich um elf.

Polazzo erfuhr das so nebenbei, gesprächsweise. Ganz gezielt dagegen wurde er informiert über Zusammensetzung und Eigenschaften des neuen synthetischen Titans.

Verkaufsstrategen entwickelten Marktanalysen, Werbefachleute umrissen das Konzept der weltweiten Promotion. Ein General der Air Force, von der IMT als Berater gewonnen, referierte über die Anwendung von Syntan in der militärischen Praxis. Die IMT-Kontakter zu Boeing, McDonnel-Douglas und Lockheed deuteten in kurzen Statements die Resultate ihrer bisherigen Verkaufsgespräche mit den Entwicklungsabteilungen dieser Firmen an. Die Prognosen waren vielversprechend und rechtfertigten die hektisch angekurbelte Massenproduktion.

Um 12 Uhr 30 gab es Sandwiches, Cola und Säfte.

Die Herren Kreile, Schlesinger und Bird machten sich mit Polazzo bekannt und gaben ihrer Hoffnung auf eine gute, erfolgreiche Zusammenarbeit Ausdruck.

Polazzo hielt es für überflüssig, darauf hinzuweisen, daß Syntan das Produkt seiner Arbeit war. Er war sicherlich nicht eitler als die meisten hier im Saal, aber bestimmt empfindsamer.

Man erwarte ihn in drei Wochen an seinem neuen Arbeitsplatz in Brunsbüttel/Elbe, West Germany. Das erfuhr Polazzo noch rechtzeitig, bevor der Gong die Mitarbeiter wieder scharenweise in den Konferenzsaal trieb.

Um 15 Uhr 30 löste sich die Versammlung auf.

Polazzo drängte sich durch die Gruppen, die immer noch in Gespräch und Diskussion in den Vorräumen standen.

Der Lift brachte ihn in die Halle. Die lag nun monströs und nahezu menschenleer im Schein von einhunderttausend Lampen.

Der polierte Marmor schimmerte wie Gletschereis, drei Stockwerke hoch bis zu der reichverzierten Decke. Dazwischen kündeten heraldische Ornamente und Symbole, in Kupfer und Chrom getrieben, von der Macht und der Herrlichkeit dieses Giganten.

Den Blick scheu nach oben, langsam, Schritt für Schritt, schlenderte Polazzo durch diesen Tempel der Selbstdarstellung und versuchte, tief durchzuatmen. Es gelang ihm nicht.

Erst draußen, im Nieselregen Manhattans, kam er wieder zur Besinnung. Im Park des Madison Square kamen Squirrels aus den schütteren Büschen gehuscht, eine steingraue Eichhörnchenart, und bettelten den einsamen Passanten an.

Eine alte Negerin durchsuchte die Papierkörbe und sammelte Undefinierbares in ihre Plastiktüten.

Ein Student tastete mit einer Art Minensuchgerät den Boden nach verlorenen Münzen ab. Aber außer Kronenkorken war wohl nichts zu erbeuten.

Jogger kamen angehetzt, mit stierem Blick, atemlos, die bunten Laufanzüge durchgeschwitzt, und trabten vor dem Rotlicht an der Fifth Avenue auf der Stelle.

Bei Grün spurteten sie los und verschwanden in den Auspuffschwaden der Wagenkolonnen, die sich in Viererreihen stauten.

Polazzo hatte den Kragen seines Jacketts hochgeklappt, hielt die Hände tief in den Taschen vergraben, die Mappe mit den Anweisungen und Informationen mit dem Emblem der IMT unter den Arm geklemmt, und wanderte ziellos durch die Stadt.

Er hatte jede Orientierung verloren, und offen gesagt, er hatte nie eine besessen. Es war, von Zwischenlandungen abgesehen, sein erster Besuch in New York. Und so lief er ziellos dahin, ließ sich treiben, spürte den Regen nicht, der ihm das Haar und die Schultern durchnäßte, hörte nicht das permanente Hupen, das sich an den himmelwärts strebenden Fassaden vervielfachte, Fassaden, die sich irgendwo dort oben im Dunst und Regen und Nebel verloren.

Ambulanzen jagten vorbei mit enervierendem Jaulen, irgendwo in der Nähe kreischte das Signal einer Feuerwehr und versickerte nach und nach in den Straßenschluchten.

Er schob sich gleichmütig durch die ihm entgegenströmende Menschenmenge; jedes Alter, jede Hautfarbe, jede Rasse war da vertreten und jede soziale Schicht.

Union Square, Washington Square . . . Da wurde er allerdings aufmerksam und fühlte sich in seine italienische Heimat versetzt. Auch weiter unten in Little Italy umfing ihn wieder die Muttersprache, die Geschäfte waren bunt, die Menschen laut, die Gemüsestände brachen unter dem Angebot fast zusammen.

China-Town. Schriftzeichen kletterten die Fassaden nach oben, die plötzlich viel von ihrer Höhe eingebüßt hatten. Aber das war vermutlich schon eine ganze Weile so. Wer konnte in dieser Stadt schon ständig zum Himmel blicken, ohne erdrückt und erschlagen zu werden von dem Gefühl seiner Nichtigkeit!

Er wanderte weiter. Die Füße schmerzten ihn. Es wurde kühl, und die Dämmerung brach über diese Stadt herein.

Die Lichter flammten auf, spiegelten sich in dem nassen Asphalt, und die funkelnden Türme wuchsen wieder hinein in die Wolken.

Aus allen Türen strömten nun die Menschenmassen, die Heerzüge der Arbeitstermiten, schlaff und grau und abgekämpft, und wurden von den Löchern der Subway-Eingänge verschluckt.

Es gab keine Farben mehr. Grauer Granit bildete hier unten im Financial District um Wall- und Broadstreet die Bastionen und Kasematten des Kapitals.

Dazwischen ertrank eine schwarzgerußte, gotische Kirche: Trinity Church.

Nach zwei Stunden Fußmarsch stand er schließlich an der Battery, an der alten Festung auf der Südspitze Manhattans.

Die schmutziggelben Fährschiffe schienen wie Urweltmonster über das schwarze Wasser zu schweben. Ein paar einsame Möven krächzten im Steilflug gegen das Brodeln des Verkehrslärms an, das aus den Fugen und Spalten dieser Stadt herauszusickern schien.

Die Welt der Morlocks, dort drinnen, hatte ihre eigene Musik.

Die Regenwolken lichteten sich, zerrissen und gaben Blicke auf einen blaßrot schimmernden Abendhimmel frei.

Da tauchte aus Dunst und Regen wie ein grünlich schimmerndes Schemenwesen aus einer anderen Welt, weit entfernt und verloren im Wasser, die Freiheitsstatue auf, Symbol und Verheißung für die, die hier ankamen und bereit waren, ein neues Leben zu beginnen. Aber auch: Katalysator von Sehnsucht und Heimweh nach der Alten Welt.

Da wußte Polazzo plötzlich, was er zu tun hatte, und machte sich auf den Weg.

28

»Hoch soll'n sie leben — hoch soll'n sie leben — dreimal hoch . . .!« So schauerlich dieser Chor auch klang — es war lieb gemeint.

Polazzo und Yvonne stiegen aus der alten, blumengeschmückten Ente von Büdel, dem 2CV, und wurden von den Mitarbeitern des Blauen Plais umringt, beglückwünscht, umarmt.

»Wie war es?« rief Eva.

»Wunderschön . . .«, berichtete Yvonne mit glitzernden Augen. »Enrico hat sogar für fünfzehn Mark einen Harmoniumspieler bestellt. Ich wußte nicht, war das zum Heulen oder zum Lachen . . .«

»Und du hast gelacht?« wollte Eva wissen.

»Geheult hat sie!« verriet Büdel, der als Fahrer und Trauzeuge fungierte. »Wir alle haben geheult. Es war ja soo rührend!«

»So«, verkündete Polazzo, »das wäre erledigt. Kurz und schmerzlos!«

»Pfui!« rief Jeroen, aber dann küßte er die Braut, ein wenig intensiver sogar, als es schicklich gewesen wäre, und überreichte ihr einen Blumenstock, eine Azalee mit zwei Dutzend roten Blüten. »Meinen herzlichsten Glückwunsch, Frau Polazzo.«

»Und wer küßt mich?« fragte Polazzo.

Eva kam dieser Aufforderung bereitwillig nach. Aber dann nahm sie Jeroen am Arm und zeigte auf Polazzo, der mit seiner dunklen Jacke, der leuchtend roten Krawatte und dem weißen Sträußchen am Revers ein wenig verkleidet wirkte. »Da, sieh ihn dir an — und dann nimm dir ein Beispiel an ihm!«

»Erst mal abwarten«, dämpfte Jeroen die begeisterte Aufforderung. »Erfahrungsberichte stehen ja noch aus!«

»Wissenschaftler!« sagte sie nur abschätzig, ließ ihn los und rümpfte die Nase.

Da erschien Mister Wong im Portal des Blauen Palais, klatschte in die Hände und trieb zur Eile an: »Essen — Essen — wird kalt — schnell, heleinkommen, heleinkommen!«

»Was denn?« fragte Yvonne. »Wong hat gekocht?« Sie lief die Treppen hinauf und umarmte den alten chinesischen Mathematiker, dessen Vorzüge und Talente offenbar nicht auf das ordnungsgemäße Führen der Bücher und Bilanzen des Palais beschränkt waren.

Und alle stürmten ins Palais und hinauf in die Bibliothek.

Dort hatte inzwischen das Ehepaar Kühn die einzelnen Tische zu einer Tafel zusammengestellt und mit Blumen und brennenden Kerzen geschmückt.

Schälchen und Stäbchen lagen für das chinesische Menü bereit.

Palm führte das Brautpaar zuerst zu der breiten Fensternische. Dort lagen die Geschenke. »Hier —« Er zeigte auf ein mindestens sechzehnteiliges Service. »Eine kleine Aufmerksamkeit von uns allen — für den Fall, daß wir mal geschlossen in den neuen Hausstand einfallen werden!«

»Oh, ihr habt gesammelt . . .!« Yvonne war schon wieder gerührt. »Ihr habt euch in Unkosten gestürzt . . .«

Aber Palm winkte lächelnd ab: »Die Aktien sind gestiegen — wir können es uns wieder leisten.«

Kühn griff nach einem verschlossenen Karton, öffnete ihn, machte daraus eine spannende Zeremonie. Aber dann wurde sie sichtbar in ihrer ganzen Pracht: eine bunte, schleifen- und spitzenverzierte spanische Sofapuppe. »Von mir persönlich«, verkündete er laut in das allgemeine »Ah« und »Oh«, »für den guten Tip damals, mit den Aktien.«

»O lieber Herr Kühn, danke . . .« Es war tatsächlich der letzte, dem Yvonne noch nicht um den Hals gefallen war.

»Sie haben hoffentlich sofort verkauft«, erkundigte sich Polazzo, »und den Gewinn realisiert?!«

»Nein, Herr Doktor Polazzo«, erwiderte Kühn voller Ernst. »Ich möchte auch weiterhin mit Ihrem Unternehmen verbunden bleiben!«

»Aber Herr Kühn! Ich bitte Sie . . .« Polazzo lachte auf, obwohl es ihm gar nicht zum Lachen war. »Die IMT ist doch nicht *mein* Unternehmen!«

»Beteiligt bleiben, an ihrer Erfindung«, korrigierte sich Kühn. »Ich bin sicher, da ist noch eine Menge drin!«

»Profit?« fragte Polazzo. »Für die IMT bestimmt. Für die Aktionäre . . . weiß man nie!«

Er blieb offenbar skeptisch. Wenn schon unbedingt spekuliert werden mußte, dann aus seiner Sicht lieber mit wissenschaftlichen Fakten, mit Prognosen für die Zukunft, aber nicht mit Geld.

Da brachte Wong, gefolgt von Frau Kühn, das Essen auf den Tisch. Der Duft nach süßsauren Schweinelendchen, nach Ingwer und Sojasauce vertrieb den Muff der alten Bücher und Schwarten.

Büdel lieferte Tafelmusik von seinem Kassettenrecorder, und als alle bereits saßen, stürzte er in Panik davon, um auch noch sein Geschenk zu holen. Er hätte es beinahe vergessen. Es wog ja auch nur fünfzehn Kilo. Fünfzehn Kilo engbedrucktes Papier, ein endloses Stück Computerprotokoll, im Zickzack gefaltet und mit einer roten Schleife garniert.

»Was ist das?« Yvonne brach fast zusammen, als Büdel ihr das Präsent überreichte.

»Ein Angebinde, eine Zueignung gewissermaßen, von meinem Computer und von mir. Euer beider spezielles Horoskop — für jeden einzelnen Tag der nächsten neunundneunzig Jahre!«

»Für jeden Tag?« Yvonne hatte die Schleife gelöst und begann das Protokoll aufzublättern.

»Ja, zum Beispiel hier«, erklärte Büdel und wählte ein x-beliebiges Datum aus: »16. Dezember 1994: Geschäft flau, Gesundheit okay, Liebe riesig! Oder hier: 11. Januar 2016: Appetit okay, Gesundheit — na ja . . . Liebe — noch gut!!!«

Wem galt nun der Beifall? Dem Einfall oder dem unsagbaren Fleiß, der dahintersteckte?

»Wunderbar«, rief Yvonne, »und diese viele Arbeit . . .!«

»Ach, halb so schlimm«, wehrte Büdel ab. »Ausgedruckt war das in sieben Minuten!«

»Aber einprogrammiert . . .?« Polazzo hatte den wunden Punkt erkannt.

Büdel wand sich ein wenig, zierte sich, aber dann gab er es offen zu: »Siebenundzwanzig Nächte, um ehrlich zu sein!« Und in den Beifall hinein rief er: »Was soll ich denn auch sonst machen . . .!« Das war die letzte Störung vor dem Essen, und dieses dauerte nun über zwei Stunden.

»Es ist nicht mein Verdienst«, wehrte Wong die Begeisterung über seine Kochkünste bescheiden ab. »Wir Chinesen haben einfach einen Vorsprung von dreitausend Jahren — auch was die Eßkultur betrifft.« Ein Argument, dem im Augenblick keiner widersprach.

Als der letzte Gang abserviert worden war, begann »offiziell der gesellige Teil«, wie Büdel es nannte.

Man saß zusammen und schwätzte, tauschte Erinnerungen und auch Zukunftspläne aus. Für Yvonne war es ja nun der letzte Tag im Palais. Sie berichtete von dem kleinen Reihenhaus in Brunsbüttel, das sie im Frühsommer bezogen hatten. »Es ist wirklich winzig klein«, erzählte sie Eva und Palm, »und es stehen immer fünf Häuser in einer Reihe, ganz schmal, in jeder Etage ein Zimmer. Aber solange wir allein sind, hat es Platz genug . . .«

»Und wann ändert sich das?« wollte Palm indiskreterweise wissen.

Yvonne lachte schallend. »Oh, nicht so schnell, bestimmt!«

»Und du hast alles allein eingerichtet?« fragte Eva und dachte an ihre spartanische Sperrmüllklause, die sie über ihrem Labor zusammen mit Jeroen bewohnte.

»Mit ihm zusammen. Sehr süß, viele Farben, Vorhänge, Tapeten. Er hat gesagt: ›Such dir was aus!‹ — hab' ich gemacht. Du mußt kommen und es ansehen.«

»Gern«, sagte Eva, »wenn ich mit meinen Reihen durch bin. Peptidanalysen. Vorher komm' ich nicht weg.«

Während hier die Idylle am Rand einer Industrieansiedlung beschrieben wurde, hatten die drei Männer an der anderen Seite der Tafel schwerwiegendere Probleme.

»Ich dachte immer«, sagte Büdel, »Fluor ist gut für die Zähne!«

»Gut für die Zahnpastawerbung, bestimmt!« stellte Polazzo fest. Und dann erklärte er dem Mathematiker, was es mit Fluor so auf sich hat: »Ein hochgiftiges, farbloses, explosives Gas. Es greift alle Stoffe an, auch Glas. Verbindet sich mit allem, verbrennt sogar Stahl. Ein Fluortransport — im Tankwagen — ist immer ein riskantes Abenteuer, auch wenn man nachts die Straßen sperrt.«

Jeroen de Groot, der Biochemiker, steuerte Informationen aus seiner Sicht bei: »Fluorwasserstoff zerstört alle organischen Substanzen, alle Biomoleküle. Lungen werden verätzt. Jede Vegetation stirbt ab. Fluor wirkt auf das Chlorophyll. Wieviel wird in eurer Fabrik denn frei?«

»Wenn die Produktion anläuft?« Polazzo dachte nach. »Sehr viel, aber genaue Zahlen ... Wir haben in der Wüste ja immer nur kleine Mengen produziert, haben uns mit Masken und mit Handschuhen geschützt.«

»Also, wieviel, schätzungsweise ...« Jeroen wollte Fakten, keine Mutmaßungen. »Sind das Spuren, oder geht das bereits in Milligrammbereiche?«

»Ich kann das nicht schätzen, entweder berechne ich das exakt ...« Er nahm Kugelschreiber und Papier aus seiner Tasche. »Der geplante Ausstoß der ersten Stufe unserer Anlage soll zwölftausend Tonnen Syntan täglich betragen. Bei weiterem Ausbau ... die Prognosen der Planer gehen auf täglich sechzigtausend Tonnen.«

»Was macht man nur mit diesen Mengen von dem Zeug?« fragte Büdel.

Aber Polazzo hatte darauf auch keine Antwort parat. »Das sind ja nur unsere Zahlen, die der Deutschen Syntan«, gab er zu bedenken. »Irgendwann wird rund um den Planeten produziert. Mindestens sechzig Anlagen sind da geplant. Und unsere ist bestimmt nicht die größte.«

Yvonne, Eva und Palm nahmen die Diskussion der drei Männer nicht weiter zur Kenntnis.

»Ich habe mir immer gesagt,« flüsterte Yvonne vertraulich, »irgendwann wird er vernünftig, wird er ruhiger.

Und er gibt zu, er fühlt sich sehr wohl in unserem kleinen Haus. Er hat Blumen gepflanzt, plant ein Aquarium mit Fischen. Wir haben sehr nette Nachbarn, alles Kollegen. Sie laden uns bereits zu Grillparties ein. Und am Ende des Monats ist immer Geld auf dem Konto. Keine Probleme, keine Sorgen. Und zum Mittagessen kommt er nach Hause. Es sind nur ein paar Schritte zum Labor.«

Auf der anderen Seite des Tisches war die Zukunft weniger rosig.

»Polichlorbiphenyl, PBC und Dekachlorbiphenyl werden frei, als Verunreinigung durch die Lagerfette der Apparatur. Das ist nicht zu vermeiden«, bekannte Polazzo.

»Und diese Stoffe sind giftig?« fragte Büdel.

»Sind im hohen Grade toxisch, ja, alle beide.« Polazzo war nicht wohl bei diesen Erklärungen. Er trank den letzten Schluck grünen Tee aus seiner Tasse und sah sich um. Aber als er bemerkte, daß Yvonne sich bestens unterhielt, fuhr er leise fort: »Es sind heimtückische organische Stoffe mit Spätzündung. Sie lagern sich im Gewebe an, und bis man die Schäden bemerkt, ist es zu spät.«

»Aber ich bitte dich«, warf Jeroen in die Diskussion, »das haben die in einer solchen Firma doch sicher im Griff. Anfallende Schadstoffe zu beseitigen, das ist doch heute nur noch eine Geldfrage!«

»Ja, eine Geldfrage, richtig«, bemerkte Büdel nicht ohne Ironie.

»Bei Polychlorbiphenyl ist es leider nicht nur ein finanzielles Problem!« Polazzo war skeptisch und sah wieder auf die andere Seite des Tisches zu Yvonne. Sie lächelte ihm glücklich zu, und er versuchte das Lächeln zu erwidern, so gut es einem bei Themen wie diesem eben gelingt.

Eva nickte den beiden wohlwollend zu und stellte mit einem nicht ganz selbstlosen Unterton fest: »Ihr gehört also nun zum Establishment. Wohlhabende Bürger mit Ruhegehalt . . .?!«

»Nein«, wehrte Yvonne lachend ab, »noch nicht, zumindest. Obwohl, das wird kommen. Als leitender Angestellter hat er irgendwann . . .« Da wurde sie aufmerksam: Das Getuschel der drei Männer, die sich gerade erhoben und zur Tür gingen, die ernsten Mienen . . . »Was ist los?« rief sie ihnen nach.

»Oh — nichts!« antwortete Büdel, bereits in der Tür. »Wir müssen nur schnell etwas berechnen.«

»Jetzt, heute?« fragte sie entsetzt.

»Ja, leider jetzt und heute«, sagte Polazzo mit einer entschuldigenden Geste, dann ging er hinaus.

Und nur Jeroen kam nochmals kurz zurück und ergriff den Blumenstock, der vor Yvonnes Platz auf der Tafel stand.

»Nein, meine Blumen . . .!« rief sie. Es war die wunderschöne Azalee in ihrer vollen Blüte, die Jeroen ihr bei ihrer Ankunft überreicht hatte.

»Es ist wichtig«, beruhigte er sie, »und du bekommst sie zurück!«

29

Sie bekam die Blumen zurück, aber sie erkannte sie nicht wieder.

Die Berechnungen hatten nicht lange gedauert.

Polazzo lieferte die Details der Synthese, Büdel errechnete das Programm. Bereits nach wenigen Minuten waren die Ergebnisse ausgedruckt.

»Das müssen die doch auch berechnet haben, bevor die so ein Werk hochziehen«, wunderte sich Büdel.

»Haben die auch!« Davon war Polazzo jetzt fest überzeugt. »Aber sie haben wohl allen Grund, es zu verschweigen!«

Dann liefen sie hinüber in Jeroens Labor, den Blumentopf in der Hand.

»Das Stadtparlament hat die Öffentlichkeit bei den Beratungen ausgesperrt und ohne Prüfung genehmigt. Nur auf Gutachten hin«, berichtete Polazzo. »Und dann wurde für zwölf Millionen ein eigener Hafen gebaut, für rund sieben Millionen Zufahrtsstraßen und schließlich fünftausend Werkswohnungen. Dazu gab es noch Investitionszuschüsse, Finanzhilfe, zinslose Darlehen. Alles Geschenke einer armen, verschuldeten Gemeinde an die große, reiche IMT. Nur damit der stinkende Riese bleibt.«

»Geködert mit zigtausend Arbeitsplätzen, ja?!« fragte Jeroen auf gut Glück.

»Richtig!« bestätigte Polazzo. »Aber keiner hat bisher veröffentlicht, daß wir die Anlage vollautomatisch fahren. Ein paar hundert Leute werden Arbeit finden, mehr nicht!«

Die Vorbereitungen zum Experiment dauerten eine knappe Stunde. Dann kam die Azalee in den Abzugsschacht und wurde mit einer Glasglocke luftdicht abgedeckt. Der Schlauch der Glocke landete in einem Gefäß mit gelblichen Kristallen. In den Behälter darüber hatte Jeroen eine genau berechnete Menge einer klaren Flüssigkeit gefüllt.

Dann setzten sie ihre Masken auf, schlüpften in grüne Handschuhe aus säurefestem Gummi mit langen Stulpen. Büdel betätigte eine Stoppuhr, Jeroen drehte den kleinen Hahn an dem oberen Gefäß. Die Flüssigkeit tropfte auf die Kristalle, und unter leichtem Zischen bildete sich das Gas. Fluorwasserstoff in starker Verdünnung.

Die drei Männer starrten durch die runden Plastikgläser ihrer Gasmasken auf die Pflanze unter dem Glassturz.

In der ersten Minute geschah nichts. Dann schienen sich die Spitzen der roten Blüten und Knospen zu verfärben. Sie wurden gelb, schließlich weiß. Das Weiß kroch die Blütenblätter entlang bis tief in den Kelch.

Dann reagierten die harten, dunkelgrünen Blätter. Das Grün wurde fahl, heller, schließlich gelblich, dann weiß.

Aber das Ausbleichen von Blüten und Knospen und Blättern war nicht der einzige Effekt. Mit einem Schlag, so schien es, war der ganze Stock verwelkt. Braune, trokkene Ränder an den Blättern brachen ab. Die kleinen Ästchen senkten sich, wurden schlaff. Blütenblätter fielen von den Stengeln.

Nach acht Minuten war das Experiment beendet.

Der Exhauster saugte das Gas durch den Abluftkamin ins Freie, als Jeroen die Gaserzeugung gestoppt und Polazzo den Glassturz angehoben hatte.

Vorsichtig nahm er den Stock mit den handschuhgeschützten Händen, und ohne die Maske abzunehmen ging er hinüber, über den abendlichen Hof, zum Hauptgebäude, stieg hinauf in den ersten Stock, zur Bibliothek, zur Hochzeitstafel.

Die beiden Kollegen folgten ihm.

Das Gespräch erstarb, als die drei in ihrer Laborkleidung eintraten.

»Wo seid ihr so lange gewesen?« rief Yvonne ihnen entgegen.

Polazzo stellte den Blumenstock vor sie hin auf den Tisch, schweigend, ohne Kommentar. Dann erst zog er sich die Maske vom Gesicht.

Yvonne hatte lange genug im Palais, in diesem Institut

gearbeitet, um über weiße Labormäntel, grüne Handschuhe mit langen Stulpen und Gasmasken, selbst hier oben in der Bibliothek, nicht erstaunt zu sein. Aber das merkwürdige Gebilde, das nun weiß und welk vor ihr stand, der ekelhafte, beißende, scharfe Geruch ... »Was ist das?«

»Das war eine Azalee«, verkündete Polazzo.

Und Jeroen ergänzte: »Es war ein Versuch. Wir wollten etwas demonstrieren ...«

Yvonne war immer noch fassungslos, betrachtete dieses pflanzliche Wrack von allen Seiten. Sie hustete, schob den stinkenden Stock weit von sich weg in die Mitte des Tisches. »Was habt ihr damit gemacht?« fragte sie.

Aber statt einer Antwort stellte Büdel anhand seiner Berechnungen eine Frage: »Wie weit ist euer Haus von der Anlage entfernt, von dieser Syntan-Fabrik?«

»Unser Haus?« Sie dachte nach. »Hundert Meter vielleicht, oder zweihundert?«

»Vierhundertfünfzig!« korrigierte Polazzo. »Luftlinie — vom Emissionsschacht Komplex C!«

»Ein Haus mit Garten?« wollte Jeroen wissen. »Mit Blumen?«

Sie nickte nur.

Sie schien irgendeine Katastrophe zu ahnen. Das kleine, bürgerliche Glück, an das sie sich klammerte, das sie als Trumpf hier in die Waagschale geworfen hatte, schien plötzlich von irgendeiner abstrusen Idee bedroht.

»So werden eure Blumen aussehen«, Jeroen zeigte auf den erbleichten und verwelkten Stock, »acht Tage nachdem die Produktion von Syntan angelaufen ist.«

»Aber nur bei Ausbaustufe eins«, fügte Polazzo hinzu. »Die fertige Anlage emittiert die fünffache Schadstoffmenge!«

Damit kam die Diskussion allgemein in Gang. Büdel erklärte Palm die Grundlagen seiner Berechnungen: »Angenommen wurde: Lufttemperatur tagsüber zwölf Grad, nachts acht, Luftfeuchtigkeit fünfundsiebzig Prozent, leichter Westwind, leicht bewölkt. Wenn es regnet, geht die Katastrophe schneller.«

»Ja, aber der Faktor Zeit«, ergänzte Jeroen, »ist von einem gewissen Punkt der Schädigung ab von untergeordneter Rolle. Es wird ja laufend weiterproduziert. Und dabei kann man davon ausgehen: Bei den vorherrschenden Westwinden gibt es in dem Gebiet von zwanzig bis dreißig Kilometern östlich des Werkes nach einem halben Jahr kein einziges grüne Blatt . . .«

»Ihr seid gemein«, unterbrach ihn Yvonne. »Meine schönen Blumen!«

Aber unbeirrt sprach Jeroen seinen Satz zu Ende: ». . . und keine einzige gesunde Lunge mehr!«

30

»Sie halten uns für Idioten, was?« Reichelt war Chef der Produktion und trug wie Polazzo den weißen Schutzhelm der Privilegierten. »Wir setzen hier im Werk eine eigene Abteilung ein. Zweiunddreißig Fachleute arbeiten dort. Wir investieren siebzig Millionen, um die Abgase zu entgiften, um die Atmosphäre von Schadstoffen freizuhalten. Und Sie bombardieren uns mit Schriftsätzen, mit Berechnungen, setzen uns Fristen . . .!«

Sie kamen beide im raschen Tempo über die Baustelle. Das Werk ging seiner Vollendung entgegen. An allen Ekken und Enden wurde geschweißt und planiert. Ein mächtiger Klotz ragte in den grauen Himmel, in einem freundlichen Blau lackiert, fünf Stockwerke hoch.

Polazzo blieb Reichelt auf den Fersen: »Ich kann verlangen, daß die Geschäftsleitung wenigstens reagiert — so oder so —, meine Expertise wenigstens zur Kenntnis nimmt!«

»Gar nichts können Sie!« stellte Reichelt klar. »Sie sind hier angestellt, und zwar in der Abteilung Entwicklung. Sie zerbrechen sich den Kopf anderer Leute!«

»Für Syntan bin ich verantwortlich!« verkündete Polazzo.

»Ach ja?«

»Syntan ist das Ergebnis *meiner* Forschung. Und es ist legitim, daß ich die Konsequenzen, die eine Massenproduktion dieses Stoffes mit sich bringt . . .«

Reichelt hatte keine Lust, sich Polazzos Argumente, die dieser schon mehrfach ihm gegenüber vorgebracht hatte, anzuhören. Er unterbrach ihn abrupt: »Die Anlage hier wurde staatlich geprüft, abgenommen und genehmigt!«

»Genehmigt ja«, stellte Polazzo richtig. »Aber nicht geprüft! Das Gutachten stammte hier aus dem Haus. Und seit drei Monaten versuche ich vergeblich, dieses Gutachten zu entlarven!«

Er war laut geworden. Bauarbeiter blickten auf.

Der Herr im dunklen Zweireiher, daneben der temperamentvolle Südländer im wehenden weißen Labormantel, die hier in aller Öffentlichkeit eine interne Kontroverse auszutragen schienen, das erregte Aufsehen.

»Die Produktion läuft an wie geplant, Herr Polazzo. Wollen Sie das verhindern?« fragte Reichelt süffisant.

»Notfalls ja!« rief Polazzo gegen den Lärm einer Planierraupe an.

Reichelt lachte nur. Aber dann blieb er stehen und fixierte Polazzo: »Ach, daher weht der Wind! Die Art Ihrer

Argumentation, auch Ihrer Schriftsätze, das erinnert mich stark an diese Umweltfanatiker, die letzten Endes aus rein politischen Gründen die Prosperität unserer Wirtschaft auf dem Gewissen haben. Der Boykott jeglichen Fortschritts, die Beschneidung eines vernünftigen, lebensnotwendigen Wachstums unserer Wirtschaft, angeheizt durch diese Chaoten, das hat ja die Krise erst ausgelöst, in der wir alle stecken, das war doch der Grund . . .«

Aber Polazzo setzte seine Argumente schneidend dagegen: »Nein — der Grund war Größenwahn! Zuwachs um jeden Preis! Verseuchung der Meere, der Flüsse, der Luft, Vergiftung der Umwelt. Raubbau an Rohstoffen, Überbevölkerung!«

»Zu Ihren Gunsten, Herr Polazzo, nehme ich an«, entgegnete Reichelt, »Sie sind ein Idealist!« Aber dann ging er gezielt in Einzelheiten: »Die Bedürfnisse einer stets wachsenden Zahl von Menschen können nur mit wachsendem wirtschaftlichem Aufwand befriedigt werden. Und jetzt, wo die reichen Industrieländer in Wohlstand leben, soll plötzlich Schluß gemacht werden mit dem Wachstum, bevor die armen Länder, die Länder der Dritten Welt, daran teilhaben können?«

Polazzos Reaktion auf diese Ausführungen war deutlich: »Herr Reichelt, ich bitte Sie, das sind doch Phrasen . . .!«

»Erlauben Sie!«

»Es geht Ihnen doch nicht um weltweite, soziale Gerechtigkeit! Es geht um Gewinn und Rentabilität!« Polazzos Ton war unversöhnlich. Seine Argumente ließen keinen Widerspruch zu. Er war seiner Sache sicher. Vielleicht zu sicher. Zumindest kämpfte er mit Anstand und Verbissenheit einen Kampf gegen Ignoranz, aber auch gegen sein eigenes schlechtes Gewissen.

Er hatte mit Syntan etwas in die Welt gesetzt, was nicht

mehr ungeschehen gemacht werden konnte. Er war bereit, die Konsequenzen zu tragen. Aber es schien, als hätte er keine Chance. »Lassen Sie nur«, brach er die Diskussion mit Reichelt ab. »Ich weiß, an wen ich mich wenden muß ...«

»Ach ja? Sehr gut ...« Reichelt machte eine einladende Handbewegung zu einem der offenstehenden Tore. »Dann kommen Sie mit! Ja, los! Kommen Sie schon!«

31

Verdammt noch mal, er kannte dieses Gesicht! Woher?

Reichelt hatte ihn durch diese Halle geschleppt. Die Elektroniker waren dabei, die vollautomatische Steuerung der Produktionsanlage zu testen. Auf riesigen Schautafeln blinkten grüne und rote Lichter und gaben dem Mann am Schaltpult einen Überblick über das Produktionsgeschehen.

Sie stiegen über schmale Metalltreppen nach oben, zwei, drei, vier Stockwerke hoch.

Unter ihnen lagen die orangerot lackierten Behälter, kreuzten sich die Produktleitungen: blau und gelb, grün, violett und rot. Gase wurden hier durchgeleitet, Flüssigkeiten. Die festen Stoffe kamen durch Schütten, die hoch oben an der Decke die Silos mit den Mischern verbanden.

In der fünften Etage hatte sich eine Besuchergruppe auf dem Gitter des Laufstegs versammelt. Die Köpfe unter den weißen Schutzhelmen, obligatorisch auch für jeden Außenstehenden, der an einer der zahlreichen Schloßführungen teilnahm, wandten sich Polazzo zu, der im

Schlepptau von Reichelt auf diesem »Deck Nr. 5« erschien. Die Besucher, das waren wieder einmal die uniformierten, offiziellen Herren in ihren dunklen Mänteln, mit ihren schwarzen Aktenköfferchen. Und einer von diesen Leuten kam Polazzo so erschreckend bekannt vor.

Ein Techniker im Hintergrund versuchte gerade einige Informationen loszuwerden: »Die Aufbereitung der Rohstoffe erfolgt in vier Stufen, wobei dieser Teil der Anlage . . .« Er unterbrach seine Ausführungen, denn das Interesse der Besucher war nun auf Polazzo gerichtet.

»Ah, ich freue mich . . .«, begrüßte ihn der Herr mit dem bekannten Gesicht.

»Es ist lange her . . .«, stellte Polazzo fest, um Zeit zu gewinnen.

»Ja, inzwischen ist viel geschehen!« antwortete der andere und schüttelte ihm die Hand.

Wo zum Teufel . . .? Eine unangenehme Erinnerung, eine peinliche Situation . . . Aber es fiel ihm nicht ein.

»Ich habe alles verfolgt«, bekannte der andere und lächelte verbindlich. »Ihre Arbeit, die Ergebnisse. Kommen Sie mit, Herr Polazzo. Die Herren vom Vorstand, der Geschäftsleitung . . .«

Polazzo schüttelte Hände. Unbekannte, uninteressierte Gesichter wandten sich ihm zu.

»Herr Polazzo ist der Mann«, hörte er den unbekannten Bekannten sagen, »der uns Syntan bescherte und von dem wir noch viel erhoffen können!«

Polazzo war geschmeichelt. Der Krampf lockerte sich, die Blockierung. Eine Erinnerung kam hoch. Die erste Präsentation von M-1209, damals im Palais. Manzini war erschienen mit Begleitern. Einer legte sich mit Polazzo an, schürte seine Aggressionen, brachte ihn zur Weißglut, war schuld daran, daß er Manzinis Ratschlägen verfiel.

»Sie sind isoliert . . . auf verlorenem Posten . . . sollten sich informieren ... in New Mexico ...« Der, der ihn auf dem Gewissen hatte und M-1209 noch dazu, das war — dieser Mann hier, der nun verbindlich lächelnd Polazzo Komplimente machte. Es war der Vorstandsvorsitzende der »Deutschen Syntan AG«.

»Wir haben Ihre besorgniserregende Schrift studiert«, begann er nun, und sein Statement war nur zum Teil für Polazzo bestimmt. »Es wurden daraufhin Vorkehrungen getroffen«, fuhr er fort und wandte sich dabei an alle, »das Anlaufen der Produktion eventuell zu stoppen. Wir nehmen Ihre Warnungen also sehr ernst!«

Er faßte Polazzo freundschaftlich, vertraulich am Arm, führte ihn über einen der schmalen Stege über Tanks und Rohrleitungen hinweg durch die Halle. »Unter bestimmten Voraussetzungen sind Umweltprobleme natürlich in Kauf zu nehmen, zumindest ist ihre Lösung zu verschieben, wenn die Weichen für eine neue Technologie ...« Er brach ab.

Polazzos Mimik ließ keinen Zweifel zu. Hier gab es keine Chance für einen Kompromiß.

»Es geht um eine Entwicklung mit weitreichenden Folgen für die Zukunft ...« Er wandte sich zu seinen Begleitern um und war sich der Zustimmung sicher. »... denn diese muß ja gesichert werden!« Er machte eine Pause, wartete, bis sich die Herren wieder alle um ihn versammelt hatten. »Aber glücklicherweise«, fuhr er fort, »gibt es eine Lösung des Problems, die unseren Terminplan nicht gefährdet. Herr Kreile von der Abteilung Emissionsschutz — Herr Polazzo.«

Auch diese beiden kannten sich. Kreile war damals in New York bei der Syntan-Konferenz im Gebäude der IMT mit Polazzo zusammengetroffen. Polazzo hatte damals über Kreiles Funktion in einer künftigen Syntan-Anlage nichts weiter erfahren.

»Ach ja — also — die Lösung . . .« Kreile verkleinerte das Problem zu einer Bagatelle, und das mit ein, zwei markanten Handbewegungen. »Die Emission an Fluorwasserstoff einzudämmen, das ist durch unsere Methode ebenso einfach wie effektiv!«

»Was nicht heißt, daß dieser Trick auch billig ist«, warf der Vorstandsvorsitzende ein.

»Unsere japanischen Kollegen haben diese Methode entwickelt«, referierte Kreile weiter, »denn das Problem stellt sich ja in allen unseren Betrieben in gleicher Weise.«

»Sie verstehen«, kommentierte der Vorsitzende für die übrigen Herren, »wir mußten uns erst abstimmen — mit New York — mit den übrigen Produzenten von Syntan . . .«

»Der Umbau beginnt in der nächsten Woche!« Reichelt, bisher nur stummer Begleiter, diente nun mit konkreten Informationen.

Und Kreile ergänzte: »Wir benutzen einen Absorber. In die Abluftschleuse kommen Schüttfilter aus Aktivkohle, kombiniert mit Alkalifluoriden.«

»Die Abgase werden erhitzt«, erklärte Reichelt, »und zwar auf über dreihundert Grad!«

»Wir benutzen die Abwärme aus dem Konverter!« Kreile wies auf die Energieeinsparung hin.

Polazzo folgte den Ausführungen mit Interesse und Sachverstand. »Kaliumfluorid fällt dabei an. Und der Verbrauch an Aktivkohle dürfte sehr hoch liegen«, warf er ein.

»Richtig«, gab Kreile zu, »im Verhältnis eins zu fünf — nach Gewichtsteilen Fluorwasserstoff zu Filterstoffen.«

Polazzo versuchte nachzurechnen: »Bei einer Produktion von zwölftausend Tonnen Syntan täglich müssen Sie mit mindestens fünftausend Tonnen Filterstoffen rechnen.«

»Ja«, gab Kreile zu, »damit liegen Sie in etwa richtig.«

»Das heißt für uns: Die ›Entrümpelung‹ der Abluft schlägt jährlich mit fünfundvierzig Millionen Mark zu Buche«, dozierte der Vorsitzende, und selbstgefällig fügte er hinzu: »Sie sehen, meine Herren, Umweltschutz ist für die IMT keine leere Phrase!«

Und weiter, dachte Polazzo, wie geht es weiter?

Eine Pause war eingetreten, und keiner dieser wohlinformierten Herren nutzte sie für die letzte und wichtigste Information.

»Und was machen Sie mit den verbrauchten Filterstoffen?« Polazzo fragte ohne Scheu und Argwohn. Er wollte es einfach wissen, aus Neugierde, um die Geschichte rund zu machen, damit man dieses Kapitel abschließen konnte . . .

Aber die Auskunft von Kreile war keineswegs befriedigend: »Eine Aufbereitung kommt für uns nicht in Frage. Die Kosten stehen in keinem Verhältnis zum Nutzeffekt!«

»Nutzeffekt?« wiederholte Polazzo. Das Wort paßt so gar nicht in die eben geäußerten altruistischen Ziele.

»Die Atmosphäre bleibt sauber!« verkündete der Vorsitzende.

Aber Polazzo beharrte auf Auskunft: »Was, bitte, geschieht mit den verbrauchten Filterstoffen?« Seine Hartnäckigkeit war ungemein lästig.

»Es handelt sich um Aktivkohle!« wiederholte Kreile, als ob das die Antwort auf die gestellte Frage wäre. Und Reichelt ergänzte: »HF bleibt daran gebunden.«

»Kaliumbifluorid«, korrigierte Polazzo und nahm den Anlauf zu einem Gedankensprung.

»Kaliumbifluorid, richtig«, pflichtete Kreile bei. »Ein harmloser Stoff!«

»Ja, keine Probleme«, gab Polazzo zu, »solange der

Stoff trocken bleibt. Wo lagern Sie ihn?«

Es war ein unsinnige Frage, mehr eine Falle. Denn fünftausend Tonnen täglich lagern ... Und wo? Hinter dem Haus? In hundert Tagen überragte die Halde bereits das Gebäude.

»Wir bringen ihn fort!« Kreiles Erklärung klang selbstverständlich, das Einfachste auf der Welt und außerdem die einzige wirtschaftlich vertretbare Lösung.

»Fünftausend Tonnen täglich, wohin?«

Dieser Polazzo mit seinen inquisitorischen Fragen war zum Erschießen. Aber bevor Kreile den Schwätzer von Reichelt stoppen konnte, hatte dieser bereits die Katze aus dem Sack gelassen: »Keine Gefahr für die Transportwege: Wir verfügen, wie Sie wissen, über einen eigenen Hafen. Wir chartern Bulk Carriers, Fünfzigtausend-Tonnen-Schiffe für Schüttladung ...!«

Polazzo hatte eine Menge an Schurkerei erwartet. Aber das Nächstliegende schien ihm unbegreiflich, unfaßbar. Er brauchte einige lange Sekunden, um diese eindeutige Information, die nicht nur zwischen den Zeilen stand, zu kapieren. »Ins Meer ...?« fragte er. Und er wunderte sich, daß er auf diese Feststellung, die längst keine Frage mehr war, überhaupt eine Antwort erhielt.

»Nicht in der Nähe der Küste.« Das stellte Kreile zumindest klar.

»Das ist doch Wahnsinn!« Polazzo verlor seine Beherrschung.

»Ich muß Sie doch bitten, Herr Polazzo«, versuchte der Vorsitzende ihn zu bremsen. Aber dazu war es zu spät.

»Ja, Wahnsinn! Ins Meer! Durch Hydrolyse spaltet sich Kaliumbifluorid auf. Spurenelemente im Meerwasser bilden die Katalysatoren. Das Endprodukt ist Flußsäure!«

Dem widersprach keiner.

Nur der Vorsitzende räumte großzügig ein: »Gewiß.

Aber in unendlicher Verdünnung!«

Und Kreile klärte den Kollegen Chemiker auf: »Säuren neutralisieren im Meer, werden schadlos verdaut!«

Nein, das machte auf Polazzo keinerlei Eindruck, das waren für ihn schwachsinnige Argumente. »Schadlos verdaut . . .« wiederholte er mit Sarkasmus. »Diese gigantischen Mengen, die Sie täglich einbringen wollen. Fünftausend Tonnen. Später, nach dem Endausbau, fünfundzwanzigtausend. Und das bei sechzig Produktionsstätten rings um die Ozeane dieses kleinen Planeten . . .« Er war atemlos vor Zorn und Entrüstung. »Und so etwas wagen Sie zu planen!«

Er versuchte klar zu denken, die Argumente zu ordnen: »Flußsäure blockiert den Stoffwechsel fast aller Organismen, das ist Ihnen doch bekannt, Herr Kollege!« Er sah auf Kreile, der sich abwandte. »Und was ist mit den organischen Verunreinigungen, die ebenfalls im Filter hängen bleiben? Perchlorbiphenyl — Dekachlorbiphenyl? Die schütten Sie also auch ins Meer: Das ist geplanter Massenmord!«

Polazzos romanisches Temperament war nicht mehr zu zügeln. Er steigerte seine Stimme. Die Arbeiter, die überall in der riesigen Halle mit der Endfertigung der Produktionsanlagen, mit Tests und Probeläufen beschäftigt waren, tauchten über ihnen auf, standen auf Stegen und Plattformen herum, beugten sich herunter, um dem Wortwechsel zu folgen, erschienen unter ihnen zwischen Behältern und Rohrleitungen und beobachteten die Szene.

»Das ist unkorrigierbar!« schrie Polazzo in den Raum. »Langfristige Schäden für kurzfristige Interessen und Profite!« Er rang nach Atem, dann senkte er die Stimme: »Nein — das werden Sie nicht wagen . . .!«

32

Aber sie wagten es trotzdem.

Sie hatten gar keine Wahl, es gab im Augenblick keine andere, vertretbare Lösung, und sie hatten auch keine andere Chance, als auf diesem Weg weiterzumachen — schon wegen der Öffentlichkeit, da kam kein Rückzug in Frage; dann auch gegenüber den Kunden, der Produktionstermin stand fest, die ersten 2,8 Millionen Tonnen waren fest geordert und verkauft; schließlich der Konzernspitze gegenüber, es waren Milliardensummen investiert worden.

Planung, Konzeption und Termine blieben festgeschrieben. Und Enrico Polazzo, der Erfinder von Syntan, zögerte nicht, die Konsequenzen zu ziehen.

Seine Rückkehr in das Blaue Palais, zusammen mit Yvonne, war alles andere als spektakulär. Sie kamen auch nicht überraschend. Es hatte sie jemand angemeldet, der ihre Ankunft vom ersten Stock aus beobachtete.

Kühn arbeitete im Hof, am verfallenen Rondell des Springbrunnens, und beschnitt gerade seine Rosenbüsche.

Eine müde Frühjahrssonne lag über Hof und Park und zauberte die Illusion von erstem zartem Grün.

Es war ein friedliches Bild und erzeugte in Polazzo das Gefühl von Heimkehr, nach einer langen, gefährlichen Reise.

Kühn war an den Wagen gekommen, hatte die beiden begrüßt. »Nun, Herr Doktor Polazzo«, fragte er, »wieder Ihr altes Zimmer?«

»Ja, vermutlich . . .« Er blickte auf Yvonne.

Die nickte nur. »Wohin auch sonst, Herr Kühn?«

Dann luden sie ihre Koffer ab, Fernseher, Schreibmaschine und einige Kartons mit Büchern.

»Ich werde sofort mit ihm reden«, sagte der fremde Besucher am Fenster von Palms Büro und wandte sich zur Tür.

Aber Palm hielt ihn zurück. »Später, Professor Manzini, später. Bitte!« Damit verließ er den Raum und ging rasch nach unten.

»Ja, da sind wir also wieder . . .« Polazzo kam Palm entgegen, begrüßte ihn an der Treppe zum Portal.

»Ich sehe, ja. Und in gewisser Weise freue ich mich darüber!« Er begrüßte auch Yvonne. »Ich hatte Sie beide schon erwartet.«

»Wieso? Sie sind nicht überrascht?« Polazzo sah Palm zweifelnd an.

Der schüttelte den Kopf. »Wenn es wirklich eine Überraschung werden sollte, die ist Ihnen leider nicht gelungen.« Palm zeigte nach oben. »Manzini ist in der Bibliothek. Wenn Sie nachher Zeit haben — er möchte mit Ihnen reden.«

»Mit mir?« fragte Polazzo. »Worüber?«

»Über Ihre Arbeit.«

»Ich habe keine«, lachte Polazzo, aber es klang keineswegs fröhlich, eher ein wenig bitter. »Ich habe wirklich keine mehr!«

»Ja, wir wissen das«, räumte Palm ein, »aber er möchte trotzdem mit Ihnen diskutieren. Zum Beispiel über Syntan . . .«

»Damit habe ich nichts mehr zu tun«, unterbrach ihn Polazzo mit auffallender Schärfe.

Da mischte Kühn sich in das Gespräch: »Trotzdem, ein großer Wurf, Herr Doktor Polazzo, ein großer Wurf und ein Segen für die Menschheit!«

»Das bezweifle ich, Herr Kühn!«

»Die Aktien stehen auf 212!« gab Kühn als Argument zu bedenken.

»Wie schön für Sie, Herr Kühn«, Polazzo lächelte,

dann wuchtete er einen Bücherkarton auf die Stufen des Portals.

»Und heute ist es so weit«, verriet Yvonne: »Die Produktion läuft an ...«

»Und ich konnte das nicht verhindern!« rief Polazzo.

Yvonne war plötzlich den Tränen nahe, aber es war mehr aufgestaute Wut: »Oh, er ist so stur — so stur ...« Sie ergriff ein Gepäckstück und lief ins Haus.

»Ja«, sagte Polazzo sehr ernst und sehr nachdrücklich, »heute ist es so weit. Und morgen kippen sie die ersten fünftausend Tonnen Katalysator und Träger ins Meer ...! Darum sollte Manzini sich kümmern — nicht um uns!«

Keiner hatte bemerkt, daß Professor Manzini längst am halbgeöffneten Fenster der Bibliothek stand und jedes Wort der Diskussion verfolgte. »Darum kümmern sich schon Leute genug«, rief er Polazzo zu. »Ich nehme Anteil an dem, was hier geschieht — und in Zukunft geschehen wird ...!«

Um das Experiment vorzubereiten, brauchten sie fast eine Woche. Sie hatten eingehend alle Fakten geprüft und alle Einzelheiten durchgerechnet.

Der Aufbau der Versuchsanordnung war denkbar einfach. Fünf hohe Glasgefäße waren mit Salzwasser gefüllt, Salzkonzentration und Temperatur entsprachen den tatsächlichen Werten der Nordsee um diese Jahreszeit.

In jedem Behälter schwammen einige kleine grausilberne Fische. Über jedem Behälter war eine Tropfküvette angebracht, in der sich Flüssigkeit befand.

Und vor jedem Gefäß stand eine große, elektrische Stoppuhr.

Die Mitarbeiter hatten sich pünktlich zur verabredeten Stunde eingefunden — unter ihnen war auch Professor Manzini. Er schien nervös zu sein, sah mehrmals auf seine Uhr und hatte schon gleich nach seiner Ankunft von wichtigen Terminen gesprochen, die er nun dieses Spektakels wegen zu verschieben hatte.

Jeroen leitete das Experiment:

»Die Lösung in jeder Küvette entspricht exakt der chemischen Zusammensetzung der eingebrachten Abfallprodukte und ist genau dosiert.«

Er trat an das erste Gefäß.

»Hier ist die Verdünnung zehn hoch minus sechs, eine millionenfache Verdünnung also. Von Küvette zu Küvette wird die Verdünnung um eine Zehnerpotenz schwächer. Im letzten Behälter werden die Fische einer Schadstoffmenge ausgesetzt, wie sie in dieser Konzentration etwa sechzig Kilometer von der Schüttstelle entfernt etwa einen Monat nach Einbringen der ersten zweihunderttausend Tonnen nachzuweisen sein wird — das heißt: bei gleichmäßiger Ausbreitung und ohne Berücksichtigung einer Strömung.«

Er ging die Reihe der Gefäße wieder zurück bis zum ersten Behälter.

»Die Fische hier leben praktisch in unmittelbarer Umgebung der Schüttstelle. Und wie lange sie dort leben, das werden wir jetzt feststellen.«

Er wechselte einen kurzen Blick mit Büdel, der die Stoppuhren zu bedienen hatte.

Jeroen drehte den kleinen, gläsernen Hahn. Die Flüssigkeit tropfte in feinem Strahl in das Gefäß. Gleichzeitig begann der Zeiger der Uhr zu rotieren.

Jeroen öffnete nun Küvette um Küvette, überall begann die Lösung in die Gefäße zu laufen, und überall wurden die Sekunden exakt festgehalten.

»Wir haben Zeit«, sagte Jeroen und setzte sich auf einen der Hocker, »auch die Fische. Das Gift wirkt langsam.«

In diesem Punkt schien Jeroen sich zu täuschen.

Einige der Fische im ersten Behälter, die der stärksten Konzentration ausgesetzt waren, schlugen mit ihren Schwanzflossen und drehten sich mehrmals um ihre Achse.

Da ergriff Manzini das Wort: »Die Gutachten der zuständigen Stellen haben nachgewiesen, daß keinerlei Vergiftung, keine irgendwie geartete Schädigung der Meeresfauna ...«

»Gutachten ...!« Mit diesem abschätzig hingeworfenen Wort unterbrach ihn Polazzo. Er wandte sich nicht einmal Manzini zu, er beobachtete nur die Fische. Einige fingen an zu zucken, kamen nach oben, an die Oberfläche der Flüssigkeit, andere schwammen von einem hektischen Impuls getrieben gegen das Glas des Gefäßes.

»Man hat eingehend geprüft!« verkündete Manzini.

»Das haben wir auch«, antwortete Polazzo, »eingehend geprüft!«

Auch im zweiten Behälter machte sich Unruhe breit. Das Zappeln der Fische wirkte wie ein hektisches Spiel.

»Drei unabhängige Gutachter«, nahm Manzini wieder den Faden auf, »haben festgestellt: Keinerlei toxische Wirkung. Eine Schädigung ist ausgeschlossen!«

Polazzo lachte nur kurz. »Die IMT kann es sich leisten, auch dreißig oder dreihundert Gutachter zu kaufen.« Und mit einem scharfen Blick zu Manzini und mit verstärkter Stimme fuhr er fort: »Wieso wird Dumping plötzlich überhaupt wieder erlaubt? Das Einbringen jeglicher

Fremdstoffe ins Meer ist doch seit dem Londoner Dumping-Abkommen generell untersagt, um die bereits weit fortgeschrittene Gefährdung der Ökologie des Meeres . . .«

»Das war in dieser Form nicht mehr aufrecht zu halten«, unterbrach ihn Manzini.

»Weil es Profitinteressen entgegenstand!« konterte Polazzo.

Manzini versuchte den lautstarken Disput abzuschwächen und einzulenken: »In der gegenwärtigen wirtschaftlichen Situation war das nicht mehr zu vertreten!«

»Sehr schön!« Polazzo stand auf, stellte sich provozierend vor Manzini hin, die Hände in den Taschen seines Labormantels vergraben. »Umweltschutz also nur in Zeiten der Konjunktur. Schon bei den leisesten Anzeichen einer Rezession, einer Krise darf hemmungslos alles wieder vernichtet . . .«

»Sie sind ein Choleriker, Herr Polazzo«, schrie Manzini ziemlich unbeherrscht. Und etwas gemäßigter fuhr er fort: »Die IMCO, als internationale Kontrollorganisation für maritimen Umweltschutz, hat aufgrund der Gutachten eine Sondergenehmigung erteilt!«

»Weltweit, vermutlich . . .«, warf Polazzo dazwischen.

»Ja, weltweit«, bestätigte Manzini, »weil die eingebrachten Stoffe als völlig ungiftig und absolut harmlos . . .«

»Harmlos, natürlich«, pflichtete Polazzo bei. »Aber erklären Sie das bitte auch unseren Fischen. Die ersten sind bereits tot. Und die anderen kämpfen vergeblich ums Überleben.«

Sie zappelten noch, öffneten weit und krampfhaft ihre Kiemen, zuckten einige Male wie elektrisiert, dann sanken sie, die weißen Bäuche nach oben gekehrt, langsam und bewegungslos auf den Grund. Einige blieben in der waagrechten Lage, rotierten plötzlich und trieben schließlich bäuchlings an der Oberfläche.

»Das ist *unser* Gutachten«, stellte Polazzo lakonisch fest. »Und wie sich der Stoff, den die Deutsche Syntan und alle anderen Anlagen rund um die Welt produzieren, chemisch in Salzwasser und im Organismus dieser Tiere verhält — das steht hier in diesem Papier.«

Die Mappe war in leuchtend orangefarbenes Leinen gebunden. Es war kein Aktenstück, das man übersehen konnte.

Und diese Papiere überreichte Polazzo nun im Beisein sämtlicher Kollegen Manzini.

Der wies fürs erste das Angebot zurück. Er verweigerte schlichtweg die Annahme. »Das ist Ihre Version!« rief er. »Sie überzeugen mich nicht!«

Als ob es außer den toten Fischen noch weitere Argumente gebraucht hätte!

»Mich nicht und andere nicht viel mehr!« Damit ergriff er die Mappe und zeigte voller Agression auf die Versuchsanlage mit den Behältern und den Fischen. »Was Sie hier machen, ist Show!« verkündete er und erhob sich. Aber dann wurde er leiser, blickte drohend in die Runde und stellte warnend klar: »Das Kuratorium wünscht keinesfalls, daß sich Mitarbeiter dieses Hauses in dieser Sache weiter exponieren!«

Er konnte voraussetzen, daß alle ihn verstanden hatten. Er nickte kurz, dann wandte er sich ab und ging.

34

New York.

Polazzo entstieg dem gelben Taxi, das ihn bis vor den Haupteingang der IMT-Verwaltung am Madison Square gebracht hatte, zahlte, schloß das dunkle Jackett, ordnete die Krawatte. Er war bereit, sich äußerlich anzupassen. Dann steckte er das Emblem der IMT an sein Revers, faßte den Griff seines dunklen Aktenköfferchens fester und trat durch die Pendeltür in die weite Halle.

Die Arbeitstermiten veranstalteten das übliche Gedränge.

Aber Polazzo ging zielstrebig auf den durch die roten Kordeln abgeteilten geheiligten Bezirk der Privilegierten-Lifts zu und deutete nur kurz an seinen metallisch schimmernden Syntan-Ausweis.

»Executive conference.«

»Okay, Sir«, sagte das Mädchen in der klassisch-unauffälligen Hostessenuniform. Mit einem Schlüssel betätigte sie die Automatik des Lifts, drückte auf den Knopf, machte Platz für Polazzo.

Der lächelte ihr gönnerhaft zu.

Die Tür aus getriebenem Chrom mit ihren Ornamenten aus den Dreißigerjahren schloß sich geräuschlos.

Polazzo war allein und schwebte nach oben.

Die Identitätsmarke, das Emblem der IMT, nahm er wieder ab, öffnete das Jackett, schloß es wieder, fuhr sich über die Haare, öffnete kurz den Koffer, warf einen Blick hinein, sortierte die orangefarbene Mappe nach oben, verschloß ihn wieder.

Dann befeuchtete er seine Lippen, trocknete die freie Hand am Revers und beobachtete das Zahlenspiel der vorbeihuschenden Stockwerke an der Anzeige nahe der

Decke.

Ein Blick auf die Uhr.

Der Lift hielt, die Tür öffnete sich, sie führte direkt in den Konferenzsaal.

Der riesige Raum war zwar strahlend hell erleuchtet — aber er war bereits verlassen.

Geleerte Flaschenbatterien standen auf dem Tisch, Saft und Coke-Dosen lagen verstreut. Papier stapelte sich. Die Aschenbecher waren übervoll. Trotz der Klimaanlage hing ein Brodem von Rauch und Schweiß in der Luft. Angstschweiß. Der Schweiß von Managern. Die Sorte von feinem, kreativem Schweiß, der unsere Wirtschaft in Gang hält und uns Mindestzuwachsraten garantieren soll.

Polazzo ließ seinen Blick über die Unordnung der Stühle schweifen, über diese absurde Leere, die programmwidrig war.

Er blickte auf seine Uhr.

Da hörte er ein Geräusch, und eine Stimme begrüßte ihn.

»Hallo, Enrico . . .«

»Hallo, Dave . . .«

Bamberger saß in der Ecke des Raums und legte seine Zeitung zur Seite. »Mich haben Sie nicht erwartet, Enrico, nicht wahr?«

Polazzo war ehrlich: »Nein. Bestimmt nicht.«

»Aber ich gehöre inzwischen zur Exekutive der IMT, zur Führungsspitze des Managements.« Er kam Polazzo jovial entgegen, warf die Zeitung achtlos irgendwohin und reichte ihm die Hand. »Ihr Erfolg — Syntan — in meiner Abteilung, damals. Alcali Flat — erinnern Sie sich noch? Waren schöne Zeiten — lange her . . .« Er war ins Schwärmen gekommen. So schwafeln bisweilen ältere Semester über den Krieg, den sie überlebten und der dadurch seinen Schrecken verlor.

»Sie sehen gut aus, Enrico.« Er schlug Polazzo anerkennend auf die Schulter. »Schön, Sie zu sehen . . .«

»Danke.«

Polazzo schaute sich um, konnte es immer noch nicht fassen. »Ich dachte, die Donnerstagskonferenz ist doch immer . . .«

»Immer um fünf«, bestätigte Bamberger, »richtig. Aber heute vorverlegt auf zwei. Der Präsident mußte nach Tokio.«

»Ich hatte mich angemeldet.« Polazzo stellte sein Köfferchen auf den Tisch.

»Ja, ich weiß«, Bamberger winkte ab.

»Mein Bericht!« Polazzo nahm ihn aus dem Koffer. »Mein Gott, das ist doch wichtig!« Er hielt die Mappe Bamberger entgegen, aber der griff nicht danach.

»Wir haben ihn erhalten, danke!« sagte er. »Er wurde auf der Sitzung auch kurz erwähnt.«

». . . kurz erwähnt . . .« Polazzo sah Bamberger fassungslos an.

»Der Präsident war in Eile!« entschuldigte er sich. Und dann nahm er sich einen der wirr herumstehenden Stühle, setzte sich und sah Enrico schelmisch an: »Stellen Sie sich vor, ich bin beauftragt worden, ein Gutachten über *Ihr* Gutachten — also ein Gegengutachten auf *Ihr* Gegengutachten . . .« Er lachte.

»Enrico, was ist los? Sie haben ja das Lachen verlernt!«

»Ja«, sagte Polazzo, »es scheint so.« Er blieb ernst.

»Kommen Sie, setzen Sie sich hierher . . .« Bamberger schob Polazzo einen der Stühle zu.

Als er sich setzen wollte, erfuhr er: »Es ist der Stuhl des Präsidenten!«

Instinktiv schnellte Polazzo wieder in die Höhe.

»Bleiben Sie, Enrico. Seien Sie nicht kindisch.«

Und als Polazzo sich nun doch wieder setzte, fuhr

Bamberger in einem vertrauenheischenden, freundschaftlichen Ton fort: »Ich habe extra auf Sie gewartet. Sie haben wenigstens ein Gespräch verdient, mit einem alten Freund!«

Der Anflug eines Lächelns. Polazzo atmete tief, schien nun um einige Grade versöhnlicher. »Sie haben also mein Papier gelesen, Dave, ja?«

»Ich habe es gelesen, ja, und ich muß feststellen, es ist sehr gewissenhaft, sehr verantwortungsbewußt . . .« Bamberger suchte nach diplomatischen, unverbindlichen Formulierungen. »Aber abgesehen davon, daß Sie in Ihren Berechnungen . . . Sie schießen manchmal über das Ziel hinaus, Enrico!«

»Sie halten also unsere Untersuchungen für falsch?«

»In der Schlußfolgerung, ja«, bekannte Bamberger. »Aber ich will jetzt nicht mit Ihnen diskutieren, nicht darüber.« Und ohne Pause wechselte er das Thema. »Sie haben geheiratet?«

»Ja . . .« Polazzo sah Bamberger irritiert an. »Vor einigen Monaten.«

»Nachträglich meinen Glückwunsch.« Bamberger reichte ihm seine feuchte, weichliche Hand.

Polazzo nickte nur.

»Sie sind nun für eine Familie verantwortlich, Kinder?« fragte Bamberger.

»Nein, noch nicht.«

»Noch nicht, so.« Bamberger dachte kurz nach. »Ja, auch dieses Haus fühlt sich verantwortlich, in jeder Beziehung, und wird danach handeln.«

»Verantwortlich?« Polazzo suchte noch immer nach einem Sinn in diesem Vergleich.

»Verantwortlich, ja, zum Beispiel den achthundertsechsundsechzigtausend Menschen gegenüber, die für uns arbeiten — in sechsundvierzig Ländern. Wir gehören zu den Größten.«

Polazzo nickte wiederum. Das war ihm alles bekannt.

»Verantwortlich auch — für Fortschritt und wirtschaftliches Wachstum und Wohlstand und Stabilität ...«

»Und für die Dividende der Aktionäre«, unterbrach ihn Polazzo.

»Auch, natürlich«, pflichtete ihm Bamberger bei. »Diese Leute haben uns schließlich ihr Geld anvertraut. Außerdem ist es unsere Aufgabe, Gewinne zu machen — wir sind Kaufleute — und die Nachfrage nach Wirtschaftsgütern zu befriedigen, die wir produzieren: Medikamente, Textilien, Nahrungsmittel, Energie.« Er nahm sein Taschentuch aus der Brusttasche seines Jacketts, faltete es sorgsam auseinander und begann sich die Innenflächen seiner Hände abzutrocknen. »Wir verfügen über die umfangreichsten Rohstoffquellen«, sprach er weiter, »die größten Absatzmärkte in Ost und West. Wir sehen die gesamte Erde als ökonomische Einheit und tun damit mehr für den Weltfrieden als alle Politiker zusammen.«

Ohne seine Ausführungen zu unterbrechen, trocknete er sich nun auch noch den Hals und den Kragen. »Denn Nationalität, Religion, Rasse, das sind unwichtig gewordene Unterscheidungsmerkmale für Menschen, die heute eines verbindet: daß sie alle die gleichen Dinge essen, trinken, anziehen, fahren und tun, Dinge, die wir produzieren.«

Das Taschentuch steckte nun wieder säuberlich zusammengefaltet am alten Platz. »Unser Konzern«, fuhr er fort, »und die Verbrauchergemeinschaften aller Menschen — das könnte ein Modell für die Welt von morgen sein. One great market — der weltweite Markt, statt der Weltrevolution!«

Polazzo nickt zustimmend: »Alle Menschen sind gleich — nur das Einkommen ist verschieden!«

»Noch!« schränkte Bamberger ein. »Das wird sich ändern. Denn es ist unser natürlichstes Interesse, daß alle Menschen sich unsere Güter, unsere Produkte leisten können.«

»Ihre Form von Sozialismus!« stellte Polazzo fest.

»Eine Frage der Zeit.« Bamberger lehnte sich entspannt zurück.

»Und wir haben nichts gegen den Sozialismus. Er tut das gleiche wie wir: bewacht sein Monopol und sorgt in weiten Teilen der Welt für Ruhe und Ordnung. Er schafft damit die Basis für eine alles umfassende Weltwirtschaftsgemeinschaft, die irgendwann entstehen muß!«

»Und dafür ist Ihnen jedes Mittel recht ...« Polazzo mußte lächeln.

Und Bamberger lächelte zurück. »Sie nehmen mich nicht ganz ernst, Enrico, ja? Zugegeben, unser Präsident formuliert das alles etwas geschickter.«

Mit einer kurzen Geste wischte Polazzo das Thema beiseite. »Kommen wir zur Sache. Ich werde das Problem — wir, das Blaue Palais, werden die Untersuchungen, die von uns erarbeiteten Fakten der IMCO vorlegen.«

»Eine Vereinigung von Nationalstaaten«, definierte Bamberger mit Geringschätzung. »Nationalstaaten sind uneffektiv, wenn es um wirtschaftliche Probleme geht. Dafür sind *wir* zuständig. Denn es ist ein wirtschaftliches Problem.«

»Weil es Geld kostet?«

»Weil das Meer unsere größte Rohstoffquelle von morgen sein wird! Keine Angst, wir schütten diese Quelle nicht zu. Wir beschneiden den Nationalstaaten auch nicht ihr Recht, ihre Völker zu verwalten. Nur: Den Markt verwalten wir. Und wir lösen unsere Probleme allein. Wir haben die Mittel. Wir sind groß genug.«

Bambergers Jovialität, sein Humor, seine Verbindlichkeit waren plötzlich verschwunden. Mit eiskalter Sachlichkeit stellte er klar: »Wir brauchen weder Hilfe der Vereinigten Staaten noch die der Europäischen Gemeinschaft — auch nicht die der IMCO — auch nicht Ihre Hilfe, Enrico!« Er stand auf und reichte ihm zum Abschied die Hand. »Aber es ist schön, daß Sie sich Sorgen machen!« Damit verließ er den Saal.

35

David kämpft gegen Goliath! Aber er besitzt keine Schleuder!

Es war einfach lächerlich. Lächerlich und einfältig überheblich. Einsam, wie er gekommen war, schwebte Polazzo wieder die achtundachtzig Stockwerke nach unten, lehnte sich erschöpft an die furnierte Mahagoniwand und versuchte tief zu atmen.

Da hielt der Lift, geräuschlos und überraschend öffneten sich die Türen. Aber er war keineswegs unten in der Halle gelandet. Eine Gruppe Mitfahrer drängte herein, heiter schwätzend, aufgekratzt. Sie hatten alle dicke Informationsmappen mit dem Emblem der IMT auf der Frontseite unter dem Arm. Und sie füllten die Kabine mit aufdringlicher Geschäftigkeit.

Den Gesprächsfetzen nach zu schließen waren es Journalisten, die gerade von irgendeiner Art Pressekonferenz kamen, auf der Cocktails großzügig serviert worden waren.

Polazzo hatte sich in die entlegendste Ecke der Kabine gedrängt und versuchte sich abzukapseln. Aber da fiel ihm ein Hinterkopf auf, ein braungebrannter, ledriger Nakken, angegrautes, fast weißes Haar. Er beugte sich zur Seite. Das Profil war unverwechselbar.

Polazzo griff über zwei, drei andere Schultern hinweg und packte den Mann am Arm. Es war tatsächlich McLean.

»Enrico!« er war überrascht und erfreut und kämpfte sich durch, bis er dicht vor ihm stand.

»McLean? Wieder bei der IMT in Amt und Würden . . .?«

»Nein danke!« McLean kreuzte zwei Finger und bannte alle bösen Geister. »Aber du, wie man sieht, in der Uniform der Manager mit Schlips und Kragen und Jakkett. So kenne ich dich gar nicht. Hast Karriere gemacht, was? Aufgestiegen zur Führungsspitze. Fährst im Executive-Lift . . .«

Polazzo lächelte und winkte ab. »Das täuscht, McLean, das täuscht.«

»Na, ich weiß nicht«, blinzelte ihm McLean vertraulich zu. »Zuzutrauen wäre es dir. Der Hexenmeister, der Erfinder von Syntan. Los, gestehe: Welche Tochtergesellschaft leitest du? Welche Produktionsanlagen unterstehen dir?«

»Ich arbeite wieder im Blauen Palais — ja, auch wenn dich das ärgert!«

McLean lachte nur. »Ich bitte dich, Enrico, das ist vorbei und vergessen. Hast du Zeit auf einen Drink?«

Der Lift war in der Halle angekommen. Die Journalistengruppe, die das Wiedersehen der beiden alten Freunde kurz registriert hatte, wandte sich dem Ausgang zu.

Einige winkten McLean einen kurzen, beiläufigen Gruß zu. Dann standen auch die beiden ehemaligen Kollegen in der Pracht und der Herrlichkeit der abendlich verwaisten Lobby.

»Ich möchte wirklich wissen, was du tust, Enrico. Das wäre eine Abrundung meiner Story.» McLean schlenderte neben Polazzo auf eine der Drehtüren zu. »Ich habe umgesattelt, mußt du wissen, und alle früheren Kollegen halten mich nun für einen exzellenten Journalisten — und die Journalisten für einen besseren Chemiker. Ja, das ist Pech ...«

Sie kamen ins Freie.

Es war ein windiger Tag. Zeitungsfetzen trieben über die Straße, hingen schließlich im Gebüsch des kleinen Parks gegenüber.

»Ich schreibe wissenschaftliche Berichte für Newsweek, Time Magazine, New York Times, aber auch für Science und Nature. Ja, und nun bin ich an der Geschichte von Syntan. Das war doch so überwiegend deine Idee, deine Entwicklung, oder?«

Polazzo nickte vieldeutig. »Meine Idee, ja, in gewisser Weise ...«

Sie überquerten die Straße. »Na, siehst du — deine Biographie, Jugend, Studium, das wäre doch alles sehr interessant in diesem Zusammenhang. An was arbeitest du heute? Pläne, Projekte ...«

»Ach ...« Polazzo wäre diesem Verhör lieber ausgewichen. Wo sollte er anfangen, wo aufhören? Dieser ganze üble Kram, die bedrohliche Korruption, das kam ihm hoch wie ein Krampf seines Magens. Er machte nur eine vage Handbewegung, und dann fragte er, um das Thema zu wechseln: »Was macht eigentlich Nancy?«

»Seit einem halben Jahr geschieden. Nicht so wichtig. Erzähl lieber von dir!«

Aber Polazzo schwieg.

Da berichtete McLean seinerseits, um dieses belastende Schweigen zu durchbrechen. »Du, ich war eben oben beim Präsidenten. Ganz leger. Ein Interview im Coffeeshop in der vierzigsten Etage. Und rate mal, worüber? Über Syntan!« Er lachte und wartete auf eine zustimmende, erfreute Reaktion von Polazzo.

Aber der reagierte nicht, sah McLean nur zweifelnd an.

»Der Mann«, fuhr McLean fort, »ist wirklich über jede Einzelheit informiert. Erstaunlich, was? Über Syntan. Über deinen Stoff!«

»Der Präsident . . .?« fragte Polazzo und blieb stehen.

Sie hatten den kleinen Park erreicht, Madison Square. Der Wind kam in Böen von dem gigantischen Wolkenkratzer der IMT heruntergefegt und schüttelte die kahlen Bäume.

»Ja, der Präsident der IMT, Lincoln Barnett!« McLean warf einen Blick hinüber zum Gebäude und hinauf zu den zahllosen, erleuchteten Stockwerken. »Ich komme gerade von dort oben«, fuhr er fort. »Der saß da mit einigen Typen von seinem Stab, die kamen von einer Sitzung, waren alle ziemlich aufgekratzt . . . Der Mann kann ja wahnsinnig komisch sein.«

»Lincoln Barnett? Der Präsident?« Irgend etwas gärte in Polazzos Kopf, Zweifel, aber auch Hoffnung, er könnte sich verhört haben. »Ich denke — der ist unterwegs nach Tokio?«

»Morgen — morgen früh!« berichtete McLean. »Hat er uns ausführlich erzählt. Ein neues Zweigwerk für Syntan läuft an . . . Was ist?« Er hatte den seltsamen Ausdruck in Polazzos Gesicht bemerkt.

Der nahm ihn nun am Arm, führte ihn unter eine der grellblauen Parklampen, die die Dämmerung, die rasch hereinbrach, kalt und brutal zerstörten. »Hier!« Er hatte seinen Koffer auf eine der Bänke abgestellt, geöffnet und eine orangefarbene Mappe hervorgeholt. »Zur Abrundung deiner Story über Syntan.«

McLean nahm die Mappe, schlug sie auf.

»Vielleicht gelingt es dir, die weltweit anlaufende Produktion zu stoppen ...«, fuhr Polazzo fort.

Aber der andere war bereits in das Studium der Fakten, der Versuchsergebnisse, der Berechnungen vertieft.

36

Eine halbe Stunde oder noch länger standen die beiden unter der Parklampe an diesem windigen, ungastlichen Platz.

Dann hatte McLean die Arbeit überflogen, klappte die Mappe zu und gab sie zurück.

Er schaute bedächtig nach oben in das grelle Licht, das irgendwelche Schatten von Nachtschmetterlingen umtanzten, hörte auf zu kauen und spuckte seinen Kaugummi irgendwohin ins Gebüsch.

»Hör mal, Polazzo«, begann er, »also nicht nur, weil ich dich eigentlich nicht ausstehen kann, du mit deinem Erfolg — Syntan ... Und nicht nur, weil ich immer, wenn ich IMT höre, daran denken muß, daß da eigentlich noch eine Rechnung offen ist: Ein halbes Jahr saß ich rum, ohne Job!«

Er vergrub die Hände in den Taschen und zog los, schlenderte ziellos durch den kleinen Park, um den der Verkehr toste, sprach leise weiter, ohne groß auf Polazzo zu achten, der ihm folgte und immer auf Hörweite blieb.

»Nicht nur — weil das offensichtlich eine fabelhaft böse Geschichte ist, soweit ich das überfliegen konnte, die mich hoffentlich ein gutes Stück nach oben bringen wird.

Und auch nicht — weil ich Idiot eben erst kapiert habe, warum der große Herr Präsident der IMT so unvermutet und plötzlich und gut gelaunt einen Drink mit uns Journalisten nimmt, statt uns von seiner Presseabteilung abspeisen zu lassen ... Ich steige auf diese Sache hier ein, weil ich wissen will, ob ich in diesem Job etwas bewirken kann, etwas verändern, etwas in Gang setzen. Etwas, das diesen Giganten dort drüben zum Wackeln bringt ...«

Er sah das Monster mit seinen tausend erleuchteten Augen durch die dürren Äste der Parkbäume funkeln.

»... etwas, das Regierungen zum Handeln zwingt und die Bevölkerung gegen die Macht der multinationalen Konzerne auf die Straßen gehen läßt ...«

Er sah Polazzo plötzlich an, dann blieb er stehen. »Deshalb!« Er nickte, als müßte er sich Mut machen. »Darum steige ich ein! Ich will es wissen ...!«

37

Nein — sie hatten beide wenig Erfolg.

Die Bombe, die sie hochgehen lassen wollten, schien ein Blindgänger zu sein.

»Nature« und »Science« schickten das Manuskript zurück. Aktuelle Magazine erbaten sich, als hätten sie es abgesprochen, Bedenkzeit aus und benötigten, wie sie schrieben, zusätzliche Recherchen, die sie selbst vornehmen würden.

An einem dieser Abende saßen sie beide noch lange zusammen, redeten, schwiegen schließlich, starrten auf den kleinen, grellfarbigen Fernsehschirm, der zur Ausstattung von Polazzos Hotelzimmer gehörte.

Vermummte Demonstranten mit knallroten Schutzhelmen lieferten der Polizei eine Straßenschlacht.

Der Krawall hatte in Tokio stattgefunden, am vergangenen Sonntag. Aber der Aufstand richtete sich nicht gegen die IMT oder eine ihrer Töchter, auch nicht gegen die Verpestung der Luft, die Verseuchung des Meeres durch die Produktion von Syntan.

»Die riskieren die Hölle und ihr Leben — wegen zehn Cent Tariferhöhung im Busverkehr ...« McLean lachte bitter und schaltete um.

Die Footballsaison hatte begonnen. Unter den Zurufen und skandierenden Gesängen uniformierter Parademädchen am Rande des Spielfelds prallten die gepanzerten Giganten aufeinander wie streitbare Insekten.

»Die Menge interessiert sich für Football, für Baseball — aber nicht fürs eigene Überleben ...«, resignierte McLean.

Polazzo schwieg noch immer. Schließlich stand er auf und schaute hinaus in das Lichtermeer Manhattans.

McLean hatte unrecht. Diese Millionen kämpften längst um das nackte Überleben, stündlich, täglich. Sie hatten nur keinen rechten Sinn mehr für den übergeordneten Horror, der sie bedrohte, weder für den sechsfachen Overkill, der ihnen aus den Waffenarsenalen von Ost und West im Falle einer nicht mehr zu bewältigenden Krise zugedacht war, noch für den raffgierigen Wohlstand, der ihnen den kleinen Planeten unter den Füßen wegzufressen schien.

Morgens gegen drei standen sie beide im Metteursaal einer der großen Tageszeitungen dieser Stadt; und McLean ließ sich nach beendetem Umbruch eine Fahne abziehen. Er überflog die Zeilen, Polazzo sah ihm über die Schulter und las mit. »Das soll alles sein?«

»Offensichtlich ja!« antwortete Polazzo, sah sich scheu um und deutete Polazzo an, mit nach draußen zu kommen.

Dort drinnen war kein Platz, um zu diskutieren.

Der Umbruch war auch längst fortgeschafft worden, die Matern gepreßt. Zu ändern war da nichts mehr.

Im Lift waren sie allein.

McLean faltete das frisch gedruckte Blatt nochmals auseinander. »Rausgeschmissen. In letzter Minute. Drin geblieben sind die vier Spalten ›Syntan-Story‹: die ersten einhunderttausend Autokarosserien, zehn Wettersatelliten, Millionen Tonnen für die Rüstung. Es geht wieder aufwärts!«

Er reichte Polazzo das Blatt, der knüllte es zusammen, warf es auf den Boden. »Vier Spalten Gratiswerbung waren das!« stellte er fest. »Und die Schweinerei mit dem Fluor haben sie einfach rausgenommen.«

McLean nickte. »Auf Geheiß von wem? — War's der Chefredakteur? Der Verleger? Der Herausgeber? Die IMT?«

Sie verließen die große Halle. Der Nachtportier nickte ihnen zu, aber die beiden beachteten ihn nicht.

»Wer weiß, wem dieser Laden hier letzten Endes gehört . . .«, sagte McLean, als sie wieder auf der Straße standen.

Drei Stunden später wurde es hell, und sie waren immer noch auf den Beinen. Die Tageszeitungen stapelten sich vor den Kiosken. Sie kauften sich quer durch das Sortiment.

In einem Coffeeshop sichteten sie den Erfolg oder auch Mißerfolg ihrer Kampagne.

»Hier, aber völlig versteckt: ›. . . soll laut Gutachten einer privaten Gruppe . . .‹ — ›Soll!‹ steht da. ›Ungünstige

Auswirkungen auf die Ökologie des Meeres ...‹«
McLean brach ab. Er legte die Zeitung zusammen, trank seinen Kaffee. »Das liest sich wie: ›Fische verseucht mit DDT‹ oder: ›Fleisch voller Quecksilber‹ oder: ›Muttermilch vergiftet‹ oder: ›Kahlschlag der afrikanischen Wälder verändert Weltklima‹!« Er winkte müde ab. »Das immunisiert«, fuhr er fort, »das stumpft ab, regt keinen mehr sonderlich auf. Damit muß man leben, was soll man auch tun, so ist sie eben, unsere Welt, mach's Beste draus ... Vier bis sechs Zeilen, die tägliche Impfung an Schrecken!«

Polazzo reagierte nicht. Er biß in ein Hero Sandwich mit undefinierbarer Füllung. Rosa Soße troff ihm über die Finger. Eine schlaffe Tomatenscheibe glitt von ihrer Salatblattunterlage und klatschte auf den Boden, zwischen Chips und Kippen und Kaugummiresten. Er achtete nicht darauf.

»Syntan ...«, fuhr McLean fort, »die Syntan-Story! Ich habe eigentlich gut verdient daran, zu gut. Alle Redaktionen waren begeistert, aber gedruckt wird überall nur die Hälfte. Wieso? Wie machen die das?«

»Gekauft ...«, mutmaßte Polazzo und wischte sich die Soße vom Mund. »Alle gekauft!«

»Nein«, widersprach Polazzo, »das glaube ich nicht! Hier gibt es Meinungsfreiheit, Pressefreiheit. Das hier ist nicht der erste Skandal, der dieses Land erschüttern wird!« Er stand auf.

Er hatte geschworen: »Ich will es wissen!«

Hartnäckig bleiben, lästig fallen, den Fuß in die Tür klemmen. Der erste Schritt ist der schwierigste. Man muß diese Lawine lostreten — aber Vorsicht, daß man nicht mitgerissen wird.

Sie fuhren mit der Fähre hinüber nach Richmond, nach Staten Island. Dort gab es einen kleinen privaten Fernsehsender. Die großen Gesellschaften der Networks hatten ja alle bereits abgewinkt.

»Nimm's zurück!« sagte der Redakteur, den McLean gut kannte, und es klang keineswegs abweisend oder feindlich, eher gutgemeint. »Nimm's zurück!« Er drückte ihm das Manuskript wieder in die Hand.

»Wieso?« fragte McLean. »Es ist die Wahrheit!«

»Vielleicht«, räumte der Fernsehjournalist ein, »aber du kannst es nicht beweisen. Die offiziellen Gutachten widerlegen dich.« Er hatte sie vor sich liegen auf seinem übervollen Schreibtisch, zwischen Monitoren, Stapeln von Bildkassetten, Fernschreiben. Auf dem Umschlag prangte in stattlichen und stolzen Lettern: »IMT.«

Ach, so ist das, dachte McLean. Ein offener Zweikampf ohne Visier. Postwurfsendung an alle Medien. Aus.

»Ja«, sagte der freundliche Redakteur, »du siehst, keine Chance, ich kauf' dir deine Story nicht ab, keiner hier. Die IMT ist unser größter Sponsor. Wenn der abspringt, weil wir eine krumme oder schmutzige Sache machen ... Nein, wir lassen lieber die Finger davon!«

»Angst? Ja?« McLean lachte, warf Polazzo einen kurzen Blick der Verständigung zu, aber Polazzo sah keinen Sinn mehr darin, sich zu verständigen, er wirkte wie eingefroren, matt und unterkühlt.

»Ihr habt also Angst«, wiederholte McLean, nachdem der Redakteur nicht reagiert hatte.

Aber nun antwortete er, leise, hastig, und dabei drängte er die beiden zurück zur Tür. »Nein! Keine Angst vor politischen Affären und Skandalen — meinetwegen bis hoch zum Weißen Haus. Sofern sie genau recherchiert sind. Aber das hier ... Nimm es zurück.«

Diesmal hatte McLean keine andere Chance — er nahm das Manuskript.

»Hier geht's hinaus ...«

Ja, das wußten sie.

Eine Sendung lief, drei Leute unterhielten sich, nach jeder Pointe wurde Gelächter vom Tonband eingeblendet.

Die drei Leute saßen in einem winzigen Studio. Polazzo und McLean waren vor der Glasscheibe stehengeblieben, starrten hinein in das Aquarium mit diesen drittklassigen Entertainern.

»Sie glauben uns nicht!« flüsterte Polazzo.

Es war unnötig zu flüstern, hier hörte sie keiner. Das alberne Gelächter aus dem Lautsprecher, diese Witzchen und Gags übertönten alles.

»Sie glauben uns nicht, denn ein Heer von Gutachtern hat uns widerlegt. Ganz einfach. Kein Sender kann es sich leisten, eine offensichtliche Falschmeldung zu bringen, die noch dazu die Interessen der mächtigen IMT grob verletzt . . .« Er hörte zu, versuchte die Witze und Gags zu begreifen. »Und wenn sie es senden«, fuhr er fort, »wenn sie es drucken — was, glaubst du, ändert sich dann?«

Die Fähre schob sie durch das spiegelglatte, dunkle Wasser auf die abendliche Skyline Manhattans zu.

Downtown, der Banken- und Finanzdistrikt. Stein gewordene Macht.

»Verflechtungen, Verfilzungen, Interessen . . .!« Polazzos alter Zorn erwachte in der kühlen Luft vor dieser gigantischen Kulisse zu neuem Leben. »Man darf nicht unten ansetzen, bei den Medien, in der Öffentlichkeit. Man muß gleich nach oben!«

McLean sah ihn an, wollte wissen, was Polazzo so unter »oben« verstehe. »Kongreß? Ja? Da lauert doch stets und immer die Lobby der Industrie. Repräsentantenhaus? — Fürchtet Arbeitslosigkeit und Rezession. Das Pentagon? — Der größte Kunde für Syntan ist doch das Militär. Und der Präsident? — Hofft auf seine Wiederwahl, glaubt an Gott und das Gute im Menschen.«

»Die Umweltministerien der Industrienationen . . .«, warf Polazzo ein.

»Die Gutachten der IMT liegen überall!«

Aber da hatte Polazzo, wie er meinte, die zündende Idee: »Vereinte Nationen — die UNO — wir müssen . . .«

Aber McLean fiel ihm ins Wort. »Ja? Glaubst du?« Er lachte leise und ein wenig traurig. »Es ist besser, mein Freund, wir machen uns nicht weiter lächerlich . . .«

Sie schwiegen. Die gewaltige Skyline mit ihrem nächtlichen Gefunkel war näher gekommen.

Der Wind kam vom Norden und wehte ihnen den Lärm der Stadt, Smog und Gestank ins Gesicht.

Und links neben ihnen, keine Viertelmeile entfernt, zog langsam und starr die angeleuchtete Freiheitsstatue in ihrem Grünspanschimmer vorbei.

38

Heimkehr, nach Tagen oder Wochen — Polazzo hatte vergessen, wie lang der Kampf eines ohmächtigen Davids gegen den Giganten gedauert hatte.

Er war von einer unendlichen Müdigkeit befallen, als er dem Taxi im Hof des Blauen Palais entstieg. Er zahlte die geforderten sechzig Mark. Dann sah er sich um.

Am Rondell stapelten sich Möbelstücke. Bücherkisten und Apparate wurden gerade in einen Möbelwagen verladen.

Alle Fenster des Hauses standen offen, einige wurden gerade ausgehängt.

Überall wimmelte es von Menschen, von Arbeitern und

Transporteuren. Ein Bagger und eine Planierraupe standen bereit.

Von irgendwoher drang das Geräusch von splitterndem Glas. Aus dem zweiten Stock wurde Abfall, Teile einer Holzverschalung, auf einen Berg mit Sperrmüll geworfen, der sich vor der Fassade türmte.

Vor dem Portal kam ihm Palm entgegen, der einen Stapel Magnetbänder im Kofferraum seines Wagens verstaute.

»Was ist los?« Palm sah sich um, erstaunt, erfreut. Er hatte Polazzo nicht bemerkt und auch nicht erwartet. Er schüttelte ihm die Hand. »Ja, das Haus wird geräumt«, erklärte er. »Das Palais wird abgerissen.«

Möbelträger drängten an ihnen vorbei, zwangen sie, sich dicht an die blaue Fassade zu pressen. Die Diskussion, ob der blaue Anstrich gelegentlich erneuert werden müsse, nach über einhundertfünfzig Jahren, war wohl nicht mehr aktuell.

»Ein Sanatorium soll hier entstehen, eine Infarktklinik.« Palm sah sich mit einem müden Lächeln um. »Ja, das verspricht wohl mehr Profit. Unsere Arbeit war nicht effizient genug. Das Kuratorium, als Eigentümer, der Intermedico in Genf, der Dachverband, die Banken . . . ja, die haben das so verfügt . . .«

»Wo ist Yvonne?« fragte Polazzo.

»Zu ihren Eltern nach Paris.« Palm zog sein Notizbuch aus der Tasche, blätterte darin. »Oder haben Sie die Adresse?«

Polazzo nickte.

»Ja, dort können Sie Yvonne erreichen, wenn Sie wollen.«

»Keinen Brief? Keine Zeile?« Polazzo sah Palm betroffen an.

»Nein. Nichts! Die anderen sind auch schon fort: Büdel

ans astronomische Rechenzentrum Heidelberg, de Groot und Eva an das Institut für Diabetes-Forschung. Kühn bekommt Rente. Wong wird Geschäftsführer in einem chinesischen Restaurant in Kopenhagen.«

»Und Sie?« wollte Polazzo wissen.

»Lehrstuhl. In Straßburg.« Palm wandte sich zum Gehen, wollte zurück ins Haus.

»Wie kam das alles so plötzlich?« Polazzo blieb unten an der Treppe stehen. Er scheute davor zurück, dieses Haus, das abgewrackt und ausgeweidet wurde, noch einmal zu betreten.

Palm verharrte an der Tür, an diesem ausladenden Portal mit seinen heruntergebrochenen Stuckornamenten. »Wir haben seit Wochen nichts voneinander gehört, Enrico. Keine Nachricht von Ihnen, keine Adresse.« Er kam wieder ein paar Schritte vor. »Ihre Möbel sind in der Remise untergestellt, in Ihrem Labor. Auch Ihre Bücher, Ihre Arbeiten. Mit Plastik zugedeckt. Ich hoffe, die Mäuse gehen nicht daran, oder die Ratten . . .«

Aber dann machte er eine freundschaftlich einladende Handbewegung. »Los, kommen Sie herein!« Er drängte sich an Möbelpackern vorbei, die das Haus verließen, ging voraus durch die Halle, stieg die Treppe mit den abgetretenen Marmorstufen nach oben.

Die Bibliothek war bereits völlig ausgeräumt. Holzwolle lag herum, Zeitungspapier. Selbst der Kaffeeautomat war demontiert, und die Kabel ragten aus der Wand wie verletzte Adern.

Kühn kam aus dem Nebenraum, aus Palms Büro, und schleppte einige Bücherkisten.

»Oh, Herr Dr. Polazzo!« rief er. »So eine Überraschung! Sie sind zurückgekommen!« Statt die Bücherkiste abzustellen, preßte er sie gegen die Wand und lehnte sich dagegen.

»Ja«, nickte Polazzo ihm zu, »ich bin zurückgekommen, Herr Kühn ...«

»Und Sie wissen es sicher«, teilte Kühn ihm mit und senkte dabei die Stimme, »die Aktien sind gefallen. Ganz plötzlich. Sie wissen doch, die Aktien der IMT. Auf 16½. Irgendwelche Gerüchte, heißt es in der Zeitung ...!«

»Gerüchte?« Polazzo wurde hellhörig. »Ein Kurssturz der IMT?« Er lehnte sich neben Kühn an die Wand. »Das läßt hoffen, Herr Kühn, das läßt hoffen ...«

»Ich habe meine ganzen Ersparnisse verloren, Herr Doktor Polazzo«, jammerte Kühn, immer noch mit leiser Stimme, »mein ganzes Geld ...!«

Polazzo legte ihm die Hand auf die Schulter, sehr vorsichtig, tröstend, eine rasche, beiläufige Geste. »Solange wir nur Geld verlieren, Herr Kühn ...« Dann ging er in den Nebenraum zu Palm.

Der stand etwas verloren herum. An der Wand leuchtete ein heller, großer Fleck. Dort hatte die Tafel gehangen, an der sie ihre Theorien, ihre Hypothesen für sich und die Kollegen entwickelt hatten.

»Ja«, sagte Palm, und seine Stimme klang etwas sentimental, »sehen Sie sich noch ein letztes Mal um! Hier saßen wir also, fünf Jahre lang. Haben gearbeitet, diskutiert, wollten die Welt verändern ...«

»Sie hat sich verändert!« stellte Polazzo fest.

»Aber nicht durch uns.«

»Sicher auch durch uns — durch jeden ...«, widersprach Polazzo. Er trat an den offenen, nackten Fensterrahmen, sah hinunter zu den Baumaschinen, die bereits mit Getöse einen Teil des Seitenflügels schleiften.

»Sie fahren also nach Paris«, stellte Palm fest. »Wir könnten zusammen bis Straßburg ...«

Aber Polazzo schüttelte den Kopf. »Nein, nicht Paris, noch nicht.« Er wandte sich wieder in den kahlen Raum, lehnte sich an den Fensterrahmen und schien irgendwohin zu sehen, an Palm vorbei, durch Mauern hindurch. »Mexiko . . .«, sagte er plötzlich. »Ich habe damals so im Vorübergehen — Dinge gesehen — Menschen und Bilder. Ich möchte einmal Zeit haben für mich . . .« Er löste sich vom Fenster, kam langsam in den Raum zurück, lehnte sich an eine der kahlen Wände. »Ich weiß ja jetzt«, fuhr er fort, »wo ich Freunde finde — wenn ich sie brauche . . .«

Palm nickte. Aber dann fiel ihm etwas ein. Er hob vom Boden ein Stück Kreide auf, farbige, dunkelblaue Kreide. Die war, als man die Tafel demontierte, offenbar verloren gegangen, zusammen mit vielen anderen Stücken, die verstreut lagen. Jetzt trat er an diese weiße, leere Wand, machte eine nachdenkliche Pause, dann begann er mit einem geradezu hintergründigen Lächeln zu dozieren: »Ich habe etwas herausgefunden — vielleicht interessiert es Sie — jetzt, wo das Blaue Palais abgerissen wird . . .« Er malte auf die gekalkte Wand in großen Lettern das Zeichen »IMT«. »Die Struktur des Giganten, mit dem wir uns angelegt haben, dieses multinationalen Konzerns, die ist Ihnen klar?«

Polazzo verneinte. »Von IMT? Die Struktur ist keinem klar, ist von außen nicht zu entschlüsseln . . .«

»Im groben, passen Sie auf!« Palm malte Kästchen und verband sie untereinander. »Hier, die Konzernspitze New York — Filialen in allen großen Städten der Welt: San Francisco, London, Tokio, Sidney — und Moskau. Dort heißt die IMT natürlich anders!«

Polazzo nickte. Er erwartete sich nicht sonderlich viel Neues von dieser Lektion.

»Uns interessieren jetzt nicht die vielen hundert Tochterfirmen auf den verschiedensten Gebieten von Produktion und Vertrieb, nicht die Holdings auf den Bahamas, in Panama, in der Schweiz, nicht die Schachtelbeteiligungen und Sperrminoritäten an anderen Gesellschaften, die vielen tausend kleinen Firmen, die auf der Strecke blieben und dann geschluckt worden sind — uns interessiert nur dieser eine Zweig hier und auch nur in folgendem Zusammenhang.« Die blaue Kreide fuhr über die weiße Wand, malte Abkürzungen, Chiffren, Pfeile und Zahlen, Prozente, ein Mosaik, einen Stammbaum der Macht und ihrer Verflechtung.

»Chemotrust in Los Angeles und Aluconda halten zusammen die Mehrheit der Pharma Suisse.«

Pfeile führten zusammen und trafen sich in einem mit »PhS« markierten Kästchen.

»Die ist über vielfältige Beteiligungen und personelle Verflechtungen im Aufsichtsrat mit der X-Ray Montana und der Rhesus AG, Bern, mit fünfunddreißig bzw. einundfünfzig Prozent liiert.«

Die Pfeile überkreuzten sich bereits. Die Skizze begann einem Schnittmusterbogen zu gleichen.

»Beide Firmen halten eine Beteiligung von je 22½ Prozent der Intermedico in Genf.« Palm malte die Verflechtungen. Die Kreuzungspunkte der Zeichnung — und der Interessen, die hier graphisch dargestellt wurden — häuften sich. »Den Rest teilen sich, nach neuestem Stand: die Sulfur France und die Deutsche Syntan. Und Intermedico Genf ist federführend im Kuratorium des Blauen Palais . . .« Er skizzierte die eigenwillige Fassade des Hauses, die in wenigen Tagen nur noch Vergangenheit sein würde.

»Manzini«, fuhr Palm fort, »ist seit dem ersten Juli sogar Präsident.« Damit warf er die blaue Kreide aus dem Fenster und wischte sich die Finger an seinem Taschentuch ab. »Ja, der Gigant . . .« Er zeigte auf das »IMT« an der Spitze der Pyramide, die er da gezeichnet hatte, ». . . und das Blaue Palais . . .« Er verwischte es mit Fingerspitzen, bis die Umrisse nur noch schemenhaft zu ahnen waren.

Ein blauer Zickzackkurs führte über viele Zwischenstationen von oben nach unten. Freiheit — Unabhängigkeit. Polazzo lachte leise, bitter vor sich hin. Nichts hatte er geahnt, nichts, was in diese Richtung hätte deuten können, aber es war schlüssig und logisch, was hier aufgezeichnet worden war, und es gab einen Sinn!

»Ich habe mir gedacht«, schloß Palm seine Lektion, »daß Sie das interessiert . . .!« Er schüttelte Polazzo die Hand und ging schnell davon.

Der Lärm einstürzenden Mauerwerks drang herein, auch Staub und der Abgasdunst von Maschinen.

Und Polazzo stand immer noch an die Wand gelehnt, lange und stumm und lächelnd. Starrte auf dieses abstrakte Bild, in das nicht nur sein Schicksal verwoben war, auch das von Millionen. Denn Syntan, dort unten in diesem ausgewischten Blauen Palais entstanden, zum höheren Ruhm des Giganten, ging nicht nur ihn etwas an.

39

Drei Monate später konnte man in den Zeitungen folgende Nachricht lesen: »Das japanische Parlament hat in einer Sondersitzung den vier Werken der ›Nippon-Syntan‹ die Produktion synthetischen Titans und anderer synthetischer Werkstoffe auf Fluorbasis bis auf weiteres untersagt.«

Gleichzeitig brachte die »Grüne Aktion Umwelt« im Kieler Landtag die Anfrage ein, auf welche Gutachten sich die Betriebsgenehmigung der »Deutschen Syntan AG« in Brunsbüttel stütze.

Auf Bürgerproteste hin wurden vier Monate später die zuständigen Verwaltungsgerichte aktiv. Denn schon seit Produktionsbeginn war in einem Gebiet bis zu dreißig Kilometer um das Syntanwerk ein Absterben der Vegetation beobachtet worden.

Trotz dieses Umstands wurde die Betriebsgenehmigung für die Deutsche Syntan AG nicht zurückgezogen oder in Frage gestellt.

Auf Drängen Washingtons wurde die Bundesluftwaffe mit vierhundert Maschinen des neuen strategischen Jagdbombers F-2000 ausgestattet, dessen Außenhaut aus dem modernsten Werkstoff, aus synthetischem Titan, besteht.